덧 니 가 보 고 싶 어

정세랑
장편소설

덧니가 보고 싶어

ㄴㄴ〉〈ㄷㄴ

차례

재화

시공의 용과 열다섯 연인들

재화는 용기를 아홉 번 죽였다. 매번 다른 방식으로, 숨을 확실히 끊어놓았다.

유사 이래 모든 언니들의 가르침대로, 세상엔 두 종류의 남자가 있다. 평생을 함께하고 싶은 남자와, 평생을 함께할 엄두는 도저히 나지 않지만 지구가 멸망한다면 마지막 하루를 함께하고 싶은 남자. 재화가 용기를 생각할 때, 용기는 언제나 후자였다. 두 사람은 오래 친구였고, 잠시 연인이었으며, 이제는 멀리서 소식을 듣는 사이일 뿐이다. 그럼에도 재화는 가끔 용기를 생각했다. 지구가 멸망하기 전까지는 볼일이야 없겠지만, 소재 파악 정도는 해두어야 소행성이 맹렬히 날아올 때 연락이라도 해보지, 하고 말이다.

그러다보니 재화가 쓰는 이야기에 용기가 자주 출현했다. 꼭 용기라고 생각하고 쓴 건 아닌데, 아는 사람이 보면 알아챌 만큼은 분명하게 말이다. 장르 소설가인 재화는 가끔 이런저런 잡지와 무크지, 웹진에 단편들을 발표했고 그걸 일일이 다 찾아볼 사람은 없었기 때문에 그때껏 큰 문제는 아니었다. 스스로도 어떤 작업을 해왔는지 어렴풋하게 방치해두었다가 단행본으로 묶게 되었을 때에야 이걸 어쩌나 싶었다.

일부러 그런 건 아닌데, 뒤늦게 세어보니 아홉 번이나 용기를 죽이고 말았던 것이다. 미워하는 건 아닌데, 감정이 남은 것도 아닌데, 이상하게 참 죽이기 딱 좋은 캐릭터였다. 용기를 닮은 인물이 꼴깍, 마지막 숨을 넘길 때 작품의 완성도가 올라갔다. 어딘가 유머러스하면서도 어둡고 멋진 장면으로 마무리할 수 있었다. 만약 용기가 묶여 나올 책을 보게 된다면 기분이 많이 상할지도 모르겠다고, 재화는 마음이 불편해졌다. 보통은 보지 않나? 예전 여자친구가 책을 내거나 하면 아무리 평소에 독서가 타입이 아니라도 보게 되는 게 사람이니까. 중간에 아는 사람들도 껴 있고…… 재화는 용기가 못 알아보게 이야기를 고칠까 했지만, 크게 고치는 건 불가능했다. 한번 완성된 이야기는 흐르는 방향이 정해져버린 상태였다. 그렇다고 이제 와서 악감정 없어, 어쩌다 보니 그랬어, 하면서 막 설명하기도 이상한 사이고.

껄끄러운 기분을 애써 갈무리하며, 재화는 편집부에서 보내준 교정지를 넘겼다. 낮에는 회사에 다니고, 밤에는 교정지를 보느라 정신이 없었다.

데뷔작, 「시공의 용과 열다섯 연인들」은 용기와 막 헤어지고 쓴 것이라 약간 더 씁쓸했다.

시간과 공간의 용이 그해 공물로 처녀 열다섯 명을 요구했을 때, 마을 전체가 충격에 빠졌다. 시공의 용은 마을이 생기기 전부터 거기 있었고 마을이 사라져도 거기 있을 자연 지형 같은 존재였고, 무리한 요구를 해온 적이 전혀 없었기 때문이었다. 마을 사람들이 평소에 용에게 가지고 있던 불만이라고 해봤자 번개용이나 얼음용처럼 좀더 특산품 개발에 용이한 용이 아니라는 점 정도였는데, 그런 불평을 할 때에도 시공의 용이 다른 용들보다 그래도 좀 품격이 있지 않나 하는 미묘한 자부심이 어느 정도 섞여 있기 마련이었다. 얼음용 빙수라든지, 번개용 건전지 같은 상표에는 싸구려 같은 데가 있었다. 특히 옆 동네 화룡의 찜질방은 싼 티의 극치였다. 그 흔해빠진 화룡은 성질도 더러워서 쓸데없이 자주 불을 뿜어내곤 했는데, 그에 반해 자주 볼 수 없는 시공의 용은 입김으로 차원을 넘어서는 포털을 연다고 하니 얼마나 멋진가. 다국적 관광회사가 포털 개설 계약을 맺자고 제안했을 때도, 시공의 용은 우아하게 거절했던 사례가 있었다.

"점잖은 어른인 줄 알았더니, 용도 노망이 드나? 이무기도 아니고 다 큰 용이 무슨 인신 공물 타령이야."

이장은 곤란함을 감추지 못했다.

"갑자기 처녀는 웬 처녀야? 아니, 그보다 용이 원하는 처녀의 개념이 대체 뭐야?"

다른 이들 역시 갈피를 잡지 못한 것은 마찬가지였다.

"숫처녀를 원한다, 그런 거면 내 가서 목을 따버리겠어. 시대착오도 그런 시대착오가 어딨나!"

동네에서 가장 원기왕성한 할머니가 버럭 화를 냈다. 칠순 넘어 드래곤 슬레이어라도 될 태세였다.

"삼천 살도 넘게 먹었으니 시대착오를 안 하기가 어렵겠지. 그보다 우리 동네에 미혼 처자가 열다섯이나 남아 있으려나……"

누군가 현실적인 지적을 했고, 모두 손가락을 꼼지락거리며 숫자를 셌다.

"우리에게 거절의 의사를 밝힐 권리는 없는 거요?"

"없어. 만약 거절한다면 마을을 통째로 다른 세계로 날려버리겠대. 대체 뭘 먹고 저러는지 모르겠어. 용들 사이에 새로운 환각성 풀 같은 게 유행하는 걸까?"

이장은 고개를 절레절레하며 테이블 끝 쪽의 수의사에게 물었으나, 수의사는 대답을 할 수 없었다. 전공을 넘어서도 한참 넘어서는 질문이었다.

마을 아가씨 열다섯 명이 뽑혔다. 아니, 뽑혔다고 할 수도 없었다. 있는 사람들 모조리 긁어모아야 가능한 숫자였다. 용이 산다뿐, 별 볼 일 없는 산골이었으니 젊은이들이 그리 많을 리 없었다. 열다섯 명은 터덜터덜 걸어올라가며 앞으로 일어날 일에 대해 여러 가능성을 점쳐보았다.

"우리를 먹으려나?"

"하긴 작년엔 공물로 소 다섯 마리를 바쳤지."

"그 소들이 동굴 근처에서 풀 뜯고 있는 걸 봤어. 형식상으로 받은 거고 먹지 않은 모양이던데?"

"채식주의자인가. 그럼 우리한테…… 이상한 짓을 하려

나?"

"그건 끔찍한데……"

아가씨들은 잠시 용의 생식기에 대해 생각한 다음, 그 생각을 떨치려 오래 노력했다. 그렇게 절망적인 분위기는 아니었다. 이미 눈물이 다 마를 정도로 운 후였으니까. 짐은 간소했고 귀한 물건들은 다 남겨두고 온 참이었다. 애초에 가난했고, 잃을 것이 별로 없었다. 어릴 때부터 꿈이랄 건 키우지 않았지만 그래도 인신 공물이 될 줄은 몰랐지……

막상 시공의 용은 그들이 동굴로 들어서자, 잠시 숫자를 세는 듯하더니 별 관심을 두지 않았다. 너무 거대해서 감정을 읽기 힘든 파충류의 눈은, 아가씨들을 소름 끼치게 했다. 그렇게 사흘이 흘렀다. 동굴은 별로 쾌적한 주거환경이 아니어서 요통이 재발한 아가씨 하나가 끙, 하고 용 들으라는 듯 부러 큰 신음을 했다.

"도시락도 떨어졌고…… 나물을 뜯으러 나가면 안 되려나?"

"나 참, 이럴 줄 알았으면 이불이라도 좀 가져올걸."

"용은 대체 뭘 기다리는 걸까?"

"사악한 용아, 여자들을 내놔라!"

마을 청년들로 구성된 구조대가 동굴로 쳐들어왔을 때는, 새벽 세시쯤이었다. 아가씨들은 잠에서 덜 깬 얼굴로 구조대의 입장을 지켜보았다. 시공의 용은, 이 갑작스러운 침입에 진정 분노한 듯 보였고 그 길고 푸른 목을 동굴 천장에 닿을 때까지 일으켰다. 사람의 허리통만한 혈관이 꿈틀거리는 게 보였다. 체액이 위로 급상승하며 증기기관 같은 소리를 냈다. 가장 앞에 서 있던 청년이 꿀꺽, 침을 삼켰다. 말이 구조대지, 칼 같은 걸 제대로 든 이는 없었고 죄다 농기구에 위협적이라고 할 만한 것은 땔감용 도끼 정도였다.

"다시 한번 말해보라, 인간."

용이 서늘한 목소리로 요구했다.

"어…… 저, 저희는 용님의 비인도적인 처사에 항의하기 위해 여기 왔습니다."

처음 외쳤던 이보다 조금 더 가방끈이 긴 이가 다시 의사를 밝혔다.

"흥미롭군. 너희 마을의 지도자는 그런 뜻을 밝히지 않던데, 어떻게 모인 의견인 건가?"

"우리는, 저들의 약혼자입니다. 마을의 의사는 아니지만 저희에겐 약혼자를 돌려달라고 말할 권리가 있습니다."

"모두, 약혼한 상태인가? 열다섯 쌍 전부?"

그러자 청년들이 움찔했다. 그건 사실이 아니었다. 여섯 쌍만이 정식으로 약혼한 사이였고, 네 쌍은 막 시작한 연인들이었다. 나머지 청년 중 둘은 짝사랑을 하는 중이었고, 또 셋은 막상 아가씨들이 잡혀가 죽을지도 모르게 되자 갑작스럽게 사랑을 깨달았다고 했다. 그 얘기들을 듣고 있던 아가씨들 사이에서 미약한 환성과 진한 한숨이 터져나왔고, 용은 잠시 생각에 잠겼다.

"내가 처녀들을 잡아먹는 대신,"

쩝, 하고 초록색 돌기가 두드러진 혀로 입가를 핥으며 용이 제안했다. 역시 먹으려 했나봐, 아가씨들 쪽이 수군거렸다.

"산 채 돌려준다면 그대들도 함께 대가를 치를 용의가 있는가?"

그것은 아주 이상한 내용의 제안이었다. 연인들이 손을 잡고 용 앞에 서면 용이 입김을 불 것이라고 했다. 그 입김을 맞으면 전혀 다른 세상, 이 땅이 아닌 곳에서 깨어나게 될 것이고 아무것도 장담할 수 없다고, 그럼에도 가겠느냐고 물었다.

"가겠습니다!"

첫 청년이 뜨거운 얼굴로 약혼자에게 손을 내밀었고, 그

아가씬 격앙된 얼굴로 그에게 뛰어갔다.

"너랑 함께라면 이 별이 아니라도 괜찮아!"

쟤네 커플은 늘 너무 오버하더라, 몇몇이 나지막하게 욕을 했다. 용은 그러거나 말거나, 시원한 입김으로 포털을 열었고 연인을 다른 차원으로 날려버렸다. 얼마나 흉폭한 세계인지 짐작할 수 없는 곳으로.

"지원자가 또 있는가?"

"……저, 하루만 생각해보고 작별인사도 좀 하고 오면 안 될까요?"

"안 돼."

"어어, 저, 그럼, 저희도 바로 갈게요."

머뭇거리면서도 지원자가 계속 이어졌다. 평소에 별로 사이가 좋지 않았던 커플들도 손을 꼭 잡은 채 용의 입김과 콧김 사이로 사라져갔다. 아가씨 둘은 청년 구애자들을 거부하고 자기들끼리 떠나길 원했고 용은 차별하지 않았다. 포털이 열네 개 열리고 나니 동굴이 조금 흔들리는 것 같았다.

마지막 한 쌍만이 남았다.

아가씨가 간절히 연인을 바라보았다.

청년은 아까부터 시종일관 가만히 서 있었다. 한번 나서서 용에게 호소한 적도 없었고, 아가씨에게 손을 흔들거나 괜찮으냐고 묻지도 않았다. 긴장하여 굳은 표정으로 거기 그대로 서 있기만 했었다.

"자네는 어쩔 텐가?"

"저는……"

구해달라고, 저 어두운 포털 너머 어딘지 모를 세계로 나와 함께 가달라고, 아가씨는 애원하고 싶었지만 입술을 물고 참았다. 이미 지켜보는 사람들도 없었고, 자존심 때문에 못하는 것도 아니었다. 그저 그럴 수 없는 성격이었을 뿐.

"……미안해. 갈 수 없어. 여기 있는 걸 다 버리고 갈 수는 없어."

청년은 아가씨에게라 할지 용에게라 할지 모르게 고개를 숙였고, 그대로 등을 돌려 동굴 입구로 달아나기 시작했다. 아가씨는 맥이 풀려 주저앉고 말았다. 여기, 여기 뭐가 있는데? 알량한 마을 하나랑 염소 몇 마리 소 몇 마리 말고 또 뭐가 있는데?

곧 용도 몸을 돌려 동굴 더 깊숙한 곳으로 향하는 듯했다. 당장 잡아먹을 건 아닌가보았다.

혼자 남겨진 아가씨는, 아직 동굴을 빠져나가지 못한 연인의 이름을 불렀다. 온갖 쓰디쓴 감정을 다 담아서.

그리고 그 부름에 청년이 아닌, 용이 돌아보았다.

"맙소사, 방금 저 녀석 이름이 뭐라고?"

"용기요."

"저런저런, 용기勇氣가 아니고 용기容器구만."

"네?"

"커리지courage가 아니라 컨테이너container라고. 아아, 내가 또 저렇게 이름값 못하는 인간은 용서할 수 없지."

용이 꼬리를 크게 휘둘렀고, 막 동굴을 빠져나가려던 청년이 꼬리에 압사당했다. 찍, 하는 소리가 났다.

마지막으로 남겨진 아가씨는 잠시 입을 벌렸으나, 다시 구석으로 가 웅크리고 앉았다.

"그래서 넌 어디로 가고 싶니?"

용이 파충류로서는 최대한의 위로를 담아 아가씨에게 물었다.

"아까 걔네들은 어디로 갔는데요?"

"아아, 걔네들이 간 곳도 꽤 괜찮아. 내 친구가 이사를 하는데 정착민들이 필요하다고 해서 다른 대륙으로 보냈어. 처음에야 좀 척박하겠지만 개척지도 꽤 매력 있지. 땅도 넓고 여기보다 나을 거야."

"그냥 개척지로 갈 사람을 모으면 될 것을, 왜 괜히 처녀들을 내놓으라고 했어요?"

"그렇게 황량한 땅에선 서로 사랑하는 사이가 아니면 버티기 어려우니까. 나름대로의 기준이 필요했어."

"사흘이나 기다린 것도 그래서였군요……"

"응, 난 로맨티시스트니까. 그래서 기다렸지. 처녀들을 구하러 연인들이 올 때까지."

"다 늙은 용이, 변태 같아."

"너도 꼬리로 찍어버린다? 나처럼 오래 살아봐. 별거 없어. 결국 남는 건 사랑 이야기야. 다른 이야기들은 희미해지고 흩어지더라. 로맨스만이 유일무이한 거라고. 진부하다고 해서 진실이 아니라고 할 수는 없어, 어린 인간."

"동의할 수 없네요. 나는 다른 곳으로 보내줘요."

"어디로?"

아가씨는 잠시 고민하다가 말했다.

"용이 없고, 로맨스도 없고, 날 구하러 올 사람은 아무도 없는 곳으로."

"상처받은 건 알겠지만, 꼭 그래야 하겠어?"

용이 찡그렸다. 아가씨는 포유류가 할 수 있는 가장 단호한 눈빛으로 용을 마주보았다.

"취향도 참. 알았어. 보내줄게."

시공의 용의, 엄청나게 따가운 입김이 마지막 아가씨를

감쌌다.

  재화는 교정지를 내려놓고 한숨을 쉬었다. 왜 이런 걸 썼
지? 정말 형편없는 말장난이군. 너무 형편이 없어서 어디서
부터 고쳐야 할지 모르겠네. 이렇게 사적인 내용을 마구 발
표해버렸었단 말이지.

  중금속에 오염된 양치식물 같은 기분이 들었다.

  눈 떠보니, 음지와 습지에 살고 있어. 여기가 아닐 수도 있
었는데. 다른 차원으로 가는 포털을 열 수도 있었는데. 새롭
고 풍요로운 세계를 열 수도 있었다고. 우리 사이에서 세계
하나가 닫혀버린 거야. 나이든 용처럼, 재화가 중얼거렸다.

  용이 나오는 이야기 따위 다시는 쓰지 말아야지, 재화는
결심했다. 식상한 변주는 그만둬야겠다고 말이다.

  언젠가 어떤 출판사 술자리에서 문단 소설가를 만났을 때
의 일이었다.

  "재화씨, 재화씨는 왜 장르를 써? 얼른 재등단해. 쉽잖아.
적절한 주제에 대해 모나지 않게 쓰면 돼."

  그때 재화는 상처를 받지도, 화가 나지도 않았다. 그저 어
떤 깨달음을 얻었을 뿐이었는데, 그건 앞으로도 부적절한

주제에 대해 모나게 쓰리라는 날카로운 예감 같은 것이었다. 용 같은 것 말고, 좀더 부적절한 이야기를 써야지. 모두 입을 모아 부적절하다고 말할 만한 이야기를.

재화는 교정지를 얼굴에 얹었다가 연필심과 수성펜과 편집자의 담배 냄새에 얼른 치워버렸다.

몇 년 뒤에, 미래의 자신이 지금의 자신을 칭찬해줬으면 좋겠다고도 생각했다. 유효한지 확신도 없으면서 멈추지 않았다는 것에, 토닥토닥하고.

바닐라와 피스타치오

경기도 외곽, 도로에 차 하나 다니지 않는 깊은 밤. 용기는 밥을 먹는다. 시간이 시간인지라 24시간 국밥집만 며칠째였지만 뜨거운 국물이 훌훌 넘어갔다. 그러나 조금 제대로 먹어볼까 하는 참에 출동 신호가 걸리고 만다. 다녀오면 식어버릴 밥을 내려다보며 1초의 몇 분절쯤을 망설였다. 여유껏 망설일 수 있는 직업은 아니다.

새벽 시간에 은행 365코너 호출이면 뻔하다. 자동지급기에 카드를 함부로 쑤셔넣은 취객이 씹힌 카드를 빼달라고 격하게 신호기를 눌러대거나, 인터폰을 부수고 있는 것이다. 용기는 허기와 짜증 속에서 급하게 운전을 하지만, 마음은 별로 급해지지가 않는다.

"너 왜 이제 와? 기계가 카드를 먹었잖아!"

역시나 취객이었고 보자마자 반말이었다. 어떻게 하면 야
차 같은 얼굴로 늙는 걸 피할 수 있을지 아득해지는 마음을
애써 숨겨야 했다. 용기는 기계 쪽으로 몸을 숙였다.

"뭐하는 거야? 빨리 안 빼고 왜 어물쩍거려?"

긴급상황 따위 한 번 만나보지 못한 긴급출동 요원이라
니. 용기는 스스로를 무시했고, 자꾸 보채는 취객을 무시
했다.

"지금 사람 무시하냐? 이제 너 같은 것까지 나를 무시하
냐?"

엉망으로 취한 사람들이 갑자기 상황을 더 정확하게 파악
할 때가 있다. 용기가 무시하던 태도를 거두고, 조금 더 부
드러운 표정으로 취객을 돌아보려 할 때였다. 취객의 주먹
이 날아왔다. 우악스럽고 더러운 주먹이.

피한다고 피했는데, 입을 맞고 말았다. 입안에 남아 있던
국밥 맛에 피의 쇠맛이 섞여들었다. 본능적으로 용기의 주
먹도 움찔했느냐면, 그건 아니었다. 무의식적인 방어도 못
할 정도로 모든 것이 너무 멀었다. 지나치게 가깝고 치졸해
서, 오히려 멀었다.

"……고객님. 제가 지금 경찰을 호출했거든요? 그만하세요."

그러자 취객은 과장된 표정으로 웃더니, 제 얼굴을 마구 때렸다.

"그럼 네가 먼저 친 거지, 응? 내가 먼저 쳤다는 증거가 어딨어?"

이번에는 용기가 웃음이 났다.

"여기 CCTV가 여섯 개인데, 증거 있죠. 사실 너무 많죠."

경찰이 도착하자, 취객은 놀랍게도 조용해졌다. 용기는 경찰들에게 인접 업계 종사자로서 가볍게 목례했다. 어차피 고생하는 거 차라리 경찰이 될걸 그랬어. 사설 보안업체 출동 요원인 용기는, 인생이 너무 뿌옇고 어정쩡하다는 생각이 들었다.

어정쩡하지 않은 것은, 꽤나 연하인 여자친구뿐이다. 외모도 성격도 말투도 쨍하고 분명하다. 두 사람의 나이차를 두고 주변에서는 이러쿵저러쿵 말들이 많지만, 사실 그렇게 차이가 나는 것 같지 않았다. 인생의 어떤 지점부터는 별로 대단한 레벨업 같은 게 찾아오지 않기 때문에.

"오빠, 이거 뭐야?"

졸음이 달게 밀려오던 차에, 여자친구가 겨드랑이 밑에서 물었다. 용기는 가까스로 눈을 뜨고 대답했다.

"뭐 말야?"

"여기 옆구리에 이거. 타투 같은 거 했었어?"

용기는 찡그리지 않으려 노력하면서 여자친구가 짚은 부분을 바라보았다. 뭐가 있긴 있었다.

"이게 뭐지?"

"꼭 글씨 같은데?"

"글씨? 아, 주말에 친구들이랑 술 마시다가 신문지 위에서 잤는데 배었나보다."

"어유, 그러니까 좀 잘 씻어. 그게 며칠 전인데 글씨가 아직까지 있어?"

"난 각도 때문에 잘 안 보이는데, 심해?"

"아니, 별로 심하진 않고 한 줄 있어. 읽어줄까?"

"뭘 읽긴 읽어."

"이거 이상한데? '꼬리에 압사당했다. 찍'이래."

"이상한 내용이네. 신문에 그런 것도 실리나?"

여자친구는 어째선지 기분이 나빠진 듯했고, 긴 손톱으로 글씨가 배긴 부분을 긁기 시작했다. 아파, 그러지 마, 용기는 여자친구의 손을 잡아채고 확 끌어안았다. 잠들긴 그른 모양이었다. 정말이지, 새 연애를 시작한 후로 '강약중강약'이 아니라 '강강강강'으로 살게 되었다. 싫으냐면, 싫은 건 아니지만 무리였다. 완전히 무리였다.

"타투 하지 마. 하려면 내 이름 해."

"안 한다니까."

알 수 없는 이유로 심술이 난 여자친구가 용기의 여기저기를 깨물었고 용기는 과장되게 아파했다.

"너 우리집에 요즘 너무 자주 오는 거 아냐?"

좋으면서도, 용기가 불퉁하게 굴었다.

"쿠폰 있으면서도 안 쓰면 기분이 간질간질하잖아."

"무슨 쿠폰인 거야, 대체."

겨드랑이 밑 옆구리의 글씨 따위는 금세 잊었다. 잠을 포기하고 연인을 만족시키는 쪽을 택했다.

"오빠, 오빠, 2031년에 일주일을 통째로 쉬는 추석 휴가가 있대."

여자친구는 지치지도 않고 엉뚱한 소리를 했다.

"……뭐, 몇 년이라고?"

"2031년."

"너무 많이 남았는데."

"우리 그때도 꼭 같이 있자. 같이 여행 가자?"

"그때 살아 있으면 다행 아닐까?"

"지금 싫다는 거야?"

"아냐, 꼭 같이 있자. 어디 갈까?"

"그건 내가 미리 조사해둘게."

뜬금없는 직구에 용기는 웃고 말았다. 여자친구는 변화구를 던지는 적이 없었다. 당돌하게, 온당하게 사랑해달라고 요구해왔다. 처음에는 부담스럽기도 했지만 이내 쉽고 직선적이어야 진짜가 아닌가, 하는 생각이 들었다. 쉽게, 순리인 양 잘 굴러가야 맞는 거라고 말이다. 꼭 연애만 그런 게 아니라 모든 일이 다 그렇지 않은가. 패기 없는 젊은이라서 그런지 모르지만 역경을 이기고 성취해낸다든가 하는 거, 별로 하고 싶지 않았다. 될 일은 쉽게 된다. 이뤄질 사랑은 쉽게 이뤄진다. 약간 어려워지는가 싶어도 고비조차 순하게 넘어간다.

여자친구의 몸에서는 바닐라 냄새가 난다. 바닐라, 발음하기 쉬운, 누구나 좋아하는 쉽고 단순한 맛.

"향수 써?"

"아니."

아마도 로드샵에서 파는, 화학 방부제가 가득 든 싸구려 바디버터의 냄새일 터였다. 그걸 쉽게 알아채는 아저씨가 된 자신이 조금 싫어졌지만, 어떤 비싼 향수를 쓴다 해도 여자친구의 바닐라 버터 냄새보다는 좋지 않을 걸 알았다.

용기는 문득 어려웠던, 정말 역경이라고 불러야 할 정도로 어려웠던 전 여자친구가 떠올라 몸서리를 쳤다. 도무지 안고 있을 때도 안고 있는 것 같지 않은 상대였다. 만지고 있을 때에도 만져지지 않았다. 피스타치오인지 피스타키오인지, 그런 알 수 없는 초록색 맛이 나던 여자애. 여전히 그렇게 혼란스럽게 곤란한 인간일까? 어딘가 나사가 빠졌던 건지, 도무지 똑바로 직선적으로 말하는 법이 한 번도 없었다. 표정도 늘 떨떠름한 초록색이었다. 용기가 미세한 감정을 읽는 데 능숙한 편이 아니긴 했지만, 다른 누구여도 마찬가지였으리라. 미로도 그런 미로가 없었다. 부비트랩이 가득한 미로 같았다.

다시 하라면 절대 못하지, 그땐 어떻게 그걸 연애라고 했었는지 몰라. 껄끄러운 거리감을 지우려고 이를 악물고 애썼던 예전의 자신을 떠올리자, 지금의 만족감은 축복 같았다.

잠든 여자친구를 꼭 껴안았다. 지금 이대로 계속 흘러가 줘. 쉽게. 휘지 말고 똑바로.

"절대로 초록색 아이스크림 따위는 되지 마."

용기가 속삭이자, 여자친구는 잠결에 고개를 끄덕였다. 심란해지는 바람에 용기는 결국 교대 시간까지 한숨도 자지 못했다.

무리하고 있다니까.

재화

늑대 숲에 팔을 두고 왔지

선이에게서 부재중 통화가 여섯 통이나 걸려올 때에, 재화는 치과에서 스케일링을 받고 있었다. 휴가를 받은 평일 오전이라 치과 안은 한적했고, 재화의 가방이 보관되어 있는 사물함이 통째 진동하고 있었다.

"약속이 있으신가봐요. 전화가 계속 울리네요. 이제 금방 끝날 거예요."

소년 같은 외모의, 도무지 나이를 짐작할 수 없는 치위생사가 웃으며 말했다. 처음에는 늘 보던 의사가 아니라 좀 어색했으나, 손이 예민하고 젠틀해서 곧 마음놓게 되었다. 대개 치과의사들이란 이에만 신경을 쓰는 나머지, 팔꿈치로 가슴을 아프게 누르거나 입술이나 턱을 짓무르게 하기 마련인데 새로 온 사람은 아주 섬세했다.

"정말 멋진 덧니네요. 관리하시긴 힘들겠지만, 이렇게 다른 부분은 고르게 나고 덧니가 포인트처럼 예쁘게 난 경우는 자주 못 봤어요."

치위생사가 직업적인 감탄을 했다. 재화는 뭐라고 대답이라도 하고 싶었지만, 그저 입꼬리를 살짝 움직였다.

덧니.

사람들이 왜 그토록 덧니에 관심을 보이고, 관심을 지나 호감을 보이는지 재화는 늘 이해할 수가 없었다. 덧니가 처음 났던 여덟 살 때에나 짧게 신기했는데, 안경을 처음 쓰는 아이들이 신기해하는 것만큼이나 잠시였을 뿐이다. 덧니를 관리하기란 까다롭기 그지없었다. 칫솔이 잘 닿지 않아서 다른 이랑 미묘하게 색이 달라 신경쓰였다. 나물 같은 것을 먹으면 항상 끼는 것도 번거로웠는데, 특히 김밥의 시금치는 백 프로였다. 어릴 때 별명은 드라큘라, 늑대인간 등 주로 덧니와 연관된 것이어서 지겨웠다. 할머니는 혀로 덧니를 계속 밀면 다른 이들과 나란히 자랄 거라고 했고, 늘 그러고 있느라 잠이 들 시간이면 혀뿌리가 당기도록 아팠다. 그래도 조금 효과가 있었던 것 같기는 하지만…… 서너 번,

뽑아버릴까 생각을 안 했던 게 아니었다.

용기나 다른 예전 남자친구들도 재화의 덧니를 그렇게나 좋아했더랬다. 키스할 때마다 어쩐지 덧니 위주로 했었다. 뭐가 그렇게 좋은 거지? 왼쪽 송곳니 위에 하나 더 있는 뾰족한 비대칭의 극치.

지난 기억들을 떠올려도 이제는 슬프지 않다. 헤어진 지 너무 오래된 거다. 한때의 친밀감을, 단념한 지 너무 오래. 친밀감이란 기분 좋은, 심지어 약간 맛있는 냄새가 나는 향초 같은 것. 오래 초를 켜두어 드디어 집안에 향이 밸까 싶었더니 사악한 바람이 모두 씻어가버렸다. 그토록 쉽게 사라진다.

단념, 품었던 생각을 아주 끊어버리다…… 재화는 사전을 습관적으로 읽었다. 보이지 않는 생각을, 기억을 잘라버릴 정도의 행위란 스스로를 위해서나 타인을 위해서나 대단하지 않은가 생각하면서.

재화의 마음은 고요했고, 치과에서의 오전은 평화롭기까지 했다. 잇몸에서 피는 좀 났지만.

"언니, 전화했었어? 미안."

"대체 뭐하느라고 그렇게 전화를 안 받아?"

"오늘 스케일링 받는다고 말했잖아."

선이는 재화보다 두 살 위로, 예전 회사에서 같이 근무했던 사이였다. 재화는 규모 있는 유통회사의 총괄 홍보실 웹 기획자로 있지만, 예전에는 선이와 함께 게임 회사에 근무했던 적이 있다. 격무인 것은 힘들었지만 적성에는 잘 맞았는데 유행의 중심축이 모바일로 옮겨가며 재화와 선이가 만들었던 게임이 서비스를 중지하게 되었고, 대량 해고 사태가 벌어졌다. 선이가 있던 디자인 팀은 한 날에 일곱 명이 책상을 비웠다. 재화는 팀을 옮겨 일 년쯤 더 버텼지만, 정이 떨어져서 업계를 옮겼다.

해고를 당한 후 선이는 한동안 힘든 시기를 보냈던 것 같다. 일하는 동안 참아줬다는 듯이 몸이 아팠고, 곧바로 재취직을 하지 못하고 쉬어야 했다.

"괜찮아. 쉬면서 새로 나온 툴들 좀 익히면 되지."

느긋하게 보이려고 한 말이었지만 어째선지 조바심이 느껴졌다. 재화는 선이의 집에 놀러 가서 여기저기 흔적으로 남은 삼등신 캐릭터들을 보았다. 선이가 디자인하고, 옷을 입히고, 액세서리를 붙인 캐릭터들이었다. 이제는 닫힌 세계에 영원히 남겨질, 두 사람의 창작물들을 보니 울고 싶어졌었다. 재화의 시선을 따라간 선이가 어깨동무를 해왔다.

"인생이 삼등신인데 팔등신 흉내를 내려니 힘들어 죽겠다. 그치?"

선이는 다시 회사에 들어갔고, 새로 들어간 회사는 예전 회사와 다른 방식으로 비슷하게 나빴다. 하지만 선이와 동료들은 노조를 만들었다. 한꺼번에 책상이 치워지는 일을 당하지 않기 위해. 회사의 압박은 이만저만이 아니었지만, 내외부의 조력으로 노조는 버텨냈고 서러운 일을 함께 겪은 동료 한 사람과 연인이 된 것은 뜻밖의 일이었다. 총무부와 인사부를 오가며 일했던 선이의 남자친구는 조용한 듯 심지 있는 타입이었다.

"시스템이 얼마나 시스템 유지만을 위해 움직이는지 알게 된 후로는 견딜 수가 없었어요. 가만 놔두면 어마어마하게 나빠질 게 뻔하니까요."

평범한 슈퍼 히어로물 팬인 그는 곧 선이에게 특별한 고백을 해왔다.

"한 사람을, 모두는 무리지만, 한 사람만은 행복하게 해줄 능력이 있는데 그 능력을 쓰지 못하는 건 슈퍼 파워가 있는데 쓰지 못하는 것과 같은 기분이에요. 내 슈퍼 파워를 선이씨를 위해 쓰게 해줘요."

꽤나 멋진 프러포즈였다. 전해 들은 재화조차도 약간 두

근거릴 정도였으니까. 턱밑까지 찰랑찰랑하다가 버틸 수 없어 쏟아지고 마는 그런 고백 같은 것들, 너무 멀게 느껴졌지만 세상에 아직 존재하는 모양이었다.

재화와 선이는 전부터 가기로 점찍어두었던 피자집에 갔다. 짭짤한 피자와 수제 맥주가 잘 어울려서 만나자마자 감탄만 하다가, 적당히 배가 찼을 때 선이가 테이블 너머로 청첩장 봉투를 내밀었다. 재화는 선이와 선이의 남자친구가 선이의 그림체로 그려져 있는 걸 보고 웃었다. 선이의 똑부러지게 활달한 남방계 얼굴과 선이 남자친구의 희미하게 점잖은 북방계 얼굴이 캐릭터화되어 있었던 것이다.

"결혼식에 용기도 올 거야. 너 괜찮겠어?"

선이가 물었다.

"언니 결혼식인데 내가 무슨 상관이야? 당연히 괜찮지."

"그래도 너희 헤어지고 처음 만나는 거잖아. 내가 진짜 너만 부르고 싶은데 그게 또 그렇게 안 되는 거 알지?"

"알아. 둘 다 불러야지. 사실, 나보다 용기를 더 오래 봤잖아."

"내 죄가 크다. 내가 왜 너희 둘을 오지랖 넓게 만나게 해서는. 내가 마음은 큐피드인데, 결과는 지옥의 중매쟁이야.

루시퍼의 주선자지. 난중에 유황불에서 타고 말 거야."

"그쪽 수하라면 타지 않지."

"그런가? 그렇네."

재화는 선이가 '나중에'를 '난중에'로 말할 때마다 웃고 말았다. 충청도 방언이라는데, 내내 경기도에서 자란 선이가 방언을 쓰는 건 아마도 가족의 영향일 것이었다.

선이는 재화와 용기를 만나게 한 것이 자신의 탓이라고 했지만, 두 사람이 만난 건 소개팅이 아니라 실수의 결과일 뿐이었다. 한참 바쁠 때 선이가 약속을 이중으로 잡아버린 것이었다. 잠이 부족하면 사람이 그럴 수 있는 일이니 괜찮다고 했는데, 미안한 목소리로 자기 동네에 오면 특별히 맛있는 걸 사주겠다기에 설득당해버렸었다. 버스를 두 번 갈아타고 갔더니, 거기 용기가 있었다. 선이와 선이의 회사 동생인 재화와 선이의 동네 동생인 용기가 우연히 그렇게 모였다. 세 사람은 계곡이 보이는 식당에서 뿌리채소솥밥과 장어를 먹었다. 가게 주인 아주머니가 인삼주를 따라주는 바람에 열을 식히기 위해 계곡에 발을 담갔고, 자연스럽게 전화번호를 주고받았고, 선이 없이 따로 만나게 된 것은 어디까지나 재화와 용기의 선택이었다.

"언니 탓인 건 아무것도 없어. 그런 건 확실히 하자. 결혼식에서 깽판 안 칠게, 걱정 마."

"아무나 좀 데려와. 요새 사람도 고용할 수 있지 않나? 모델들이 그런 아르바이트 자주 한다던데, 팔짱 끼고 와."

"뭘 그렇게까지 해."

"용기가 새 여자친구 데려올 거 아냐. 너 혼자 있으면 왠지 지는 것 같잖아."

"이기고 지는 문젠가? 어리다며?"

"새파랗게 어려. 경단 같아."

"경단? 떡 말하는 거야?"

"응. 하얗고 동그랗고 포슬포슬해."

"귀엽겠네."

"너는, 너는…… 파이팅이 없어. 그거 문제야."

"에이, 이길 생각도 없고 어떻게 이겨. 젊고 똑똑하고. 요즘 회사에 고무줄놀이도 한 번 안 해본 애들이 들어오는 거 알아? 뭐하고 놀았냐니까 킥보드 탔대. 킥보드 세대들이 치고 올라오고 있어."

선이는 술을 무척 잘 마시게 생겨서는 맥주 몇 잔에 취해버리는 사람이었고, 선이의 남자친구가 그럴 줄 알았다는 듯 데리러 왔다. 무척 빨리 온 걸로 보아 근처에 있었던 게 아닐까 싶었다. 재화는 두 사람이 떠날 때까지 손을 흔들어주고 아슬아슬하게 전철 막차를 탔다.

귀가했을 때에는 술이 깨서 멀쩡한 정신이었다. 잠이 오지 않아, 두번째 단편인 「늑대 숲에 팔을 두고 왔지」를 고쳐나가기 시작했다. 그 단편은 용기와 헤어지고 시간이 흐른 뒤에 쓴 거라 그나마 감정선이 격하지 않았다.

구두끈이 끊어지지 않았더라면, 아이가 팔을 잃는 일은 없었을 것이다. 발을 들여놓아서는 안 되는 숲에 숨어든 아이는 결국 병에 걸린 늑대떼에게 쫓기게 되었다. 구두끈을 갈았어야 했는데, 해안가 공장지대의 습기와 소금기를 먹어 반쯤 삭은 끈이 결정적인 순간에 끊어지고 말았다. 아이는 그대로 나동그라졌고, 늑대 한 마리가 아이의 어깨관절을 물어뜯었다.

아이는 자기 자신의 피, 그 색깔과 냄새에 질리고 말았다.

한때 사람들은 숲을 정복했다고 여겼었다. 늑대들이 총을 든 사람에게 덤비지 않게 된 지 오래였으므로. 사람들이 숲을 신나게 파고들어가 내륙에 새 도시를 지으려 했을 때, 늑대들이 비대증에 걸렸다. 네 배는 커졌고, 여덟 배는 과감해졌다. 사람들은 매일 사냥당했고 느리게 장전되는 총은 소용없었다. 전염병인지 저주인지 진화인지는 의견은 분분했지만 일단은 비대증이라고 해두곤, 짓다가 만 도시를 뒤로한 채 해안으로 도망쳐야 했다. 숲은 온전히 다시 늑대들의 것이 되었고, 해안가 도시에 인구가 밀집했다.

아이는 죽을 각오로 숲에 들어온 것이었다. 때로 사람들이 모이고 모이다보면 병든 늑대보다 더 끔찍해졌다. 아이는 그 많은 사람들을 입히는 방직공장, 공장의 비좁은 기계틈을 견딜 수가 없었다. 기계에 스물네 가닥의 실을 거는 방식은 무척이나 복잡했고, 잘못 외우면 맞은 다음 굶어야 했다. 사고는 자주 났고, 늑대에게 물리든 기계에 깔리든 결국은 매한가지일 것 같았다.

늑대가 다시 한번 아이를 물기 전에, 누군가 녀석을 던져버렸다. 아이는 처음에 더 큰 늑대가 나타났다고 생각했다. 그도 그럴 것이 상대는 늑대의 머리를 하고 있었던 것이다. 그가 아이를 어깨에 메고 두 발로 뛰기 시작했을 때에야, 아이는 늑대들로부터 구출되었음을 알았다.

그런 일이 가능한 것은 오로지 늑대족뿐이다.

늑대족이라니, 아이는 그 이름이 늘 기이하게 느껴졌다.

늑대족과 늑대들이 전혀 사이가 좋지 않은데 한 묶음으로 부르는 건 정확하지 않은 듯했다. 늑대족은 숲에 유일하게 남은 사람들이었다. 모두가 이주해오기 전, 숲의 원래 주민이었다가 모두가 떠나고 나서도 남았다. 유난히 신체 조건이 좋고, 총 없이도 늑대와 싸워왔기 때문에 떠나길 거부했을 때 다른 사람들도 더 설득하지 않았다. 처음 잡은 늑대 가죽을 두르는 것이 그들의 성인식이었다. 늑대들이 커진 이후로 머리와 등에 두르는 가죽은 거의 망토 같았다. 도시 사람들은 그들을 야만인이라 비하하며 늑대만큼 꺼려했지만, 아이는 언제나 동경을 품고 있었다. 아이가 혼자 숲에 들어간 것은 현명함과는 별개로 동경이 공포를 이긴 결과였다.

"팔이 완전히…… 너 대체 여기에 왜 온 거니?"

늑대족 사람이 물었다. 아이는 대답하고 싶었지만 고통 때문에 기절했다. 늑대족이 걸친 가죽엔 머리가 그대로 달려 있어서, 늑대의 이빨이 눈썹께에 닿아 있었다. 반짝, 끝을 간 그 이빨이 빛났다.

늑대족의 치유사들이 보름 동안 달라붙어 있었지만, 엉망으로 물린 팔을 어쩌지는 못했다. 결국 절단 수술을 받아야 했다. 그래도 늑대족의 마취제가 아주 효과가 좋아서 아이는 수술 내내 굉장한 색감의 꿈들을 꾸었다.

아이의 구조자는, 도시의 언어에도 능통했는데 한때 해안가에서 학교를 다닌 적이 있다고 했다. 그늘에서 젖은 돌처럼 광택이 있는 늑대족의 피부가 도시에선 어떻게 보였을지 궁금했다. 구조자는 좀더 빨리 아이를 구하지 못한 것에 안타까움을 느끼는 듯했다. 심지어 아이의 떼어낸 팔을 늑대족의 뼈나무에 매달아주고 싶어했다. 물론 다른 이들이 반대해서 그럴 수 없었지만.

뼈나무는 도시 사람들이 막연히 두려워하고 역겨워하는 것처럼 무시무시하지 않았다. 멀리서 보면 오히려 아름답기까지 했다. 원시부터 존재해온 거대한 나무에 하얗고 멋진 뼈들이 걸려 있었다. 새들이 맴돌고 있어서 풍장인지 조장인지 애매했지만, 거부감 같은 건 들지 않았고 태연한 얼굴을 할 수 있었던 것이 살짝 자랑스러웠다.

구조자는 아이를 숲의 다른 쪽으로 데려가, 상대적으로 작은 나무에 팔을 걸어주었다. 가지에 매듭 지어 작별을 고했다.

"나중에 네가 우리 중 한 사람으로 받아들여지면, 뼈나무로 옮길 수 있을 거야. 너무 속상해하지 마."

아이는 언젠가 그럴 수 있으면 좋겠다고 생각했다. 구조자와 함께 숲에 있는 게 좋았다. 아무것도 그들을 해칠 수 없었다. 천천히 걸으며 집을 찾았다고 생각했다.

한 손으로 산딸기와 버섯을 따러 다녔다. 딸기 덤불엔 뱀이 많았으므로, 버섯을 딸 때가 더 즐거웠다. 그렇게 그늘진 곳에서 자란 것들에서 훌륭한 맛이 난다는 게 신기했다. 구조자는 언제나 근처에 있었고, 함께 돌아오는 길에는 거대한 횃불들이 숲의 습기를 물리치며 그들을 맞았다. 종종 꿈에서 어깨 단면에 형광 버섯들이 자라곤 했다.

그 행복한 시간이 끝난 것은 아이의 거짓말 때문이었다. 처음 늑대족 사람들이 아이에게 질문들을 했을 때, 아이는 고아라고 대답했지만 사실이 아니었다. 아이의 부모는 아이가 사라진 후 공장으로부터 보상을 받아내려고 신고를 했다. 수색대가 숲의 가장자리를 맴돌다가, 우연히 아이의 팔을 찾아냈다.

분노의 여론이 들끓었다. 아이의 팔을 매단 늑대족의 매듭을 보고, 사람들은 늑대족이 아이를 납치 살해했다고 판단한 것이다. 그들은 원래 그런 야만인이고, 모든 걸 망쳤다고 도시 사람들을 원망하고 있으니까…… 아무도 설명을 들을 생각은 없었다. 바닷가의 제철소는 곧 증기를 뿜으며 무기를 만들기 시작했다. 사람들은 구호를 외쳤다. 늑대도 늑대족도 지겹다고, 숲을 쓸어버리자고. 사람들이 모이고 또 모이다보면 늑대보다 끔찍해졌다.

깊은 숲속에서, 구조자와 아이는 첫 포격 소리를 들었다. 숲의 언어와 도시의 언어를 다 하는 구조자만이 모든 오해를 풀 수 있을 터였다. 처음 만난 날처럼 어깨에 아이를 얹고 뛰기 시작했다. 아이는 눈을 찔리지 않기 위해 남은 한 손으로 얼굴을 가렸다. 거짓말도 가릴 수 있었다면.

늑대족 마을은 이미 불타고 있었다. 하나의 커다란 횃불처럼 보였다. 늑대들도 죽었고, 사람들도 죽었고, 늑대족도 죽었다. 언젠가 늑대에게 죽고 싶어했던 그는, 사람에게 죽었다.

아이만이 살아남았다. 그리고 살아남은 모든 이들에게 버려졌다. 숲을 떠났지만, 해안가 도시로 돌아가지도 않았다.

모든 나무가 뼈나무가 되었다.

이 이야기는 그대로 두어야겠다고, 재화는 생각했다. 늑대족이 죽는 부분을 썼을 때, 재화 안에서도 무언가 아주 오래되고 강렬한 것이 함께 죽은 것 같았다. 이야기의 완성도와는 별개로, 재화에겐 중요한 경험이었다. 아름다운 늑대족의 그가, 죽은 대로 내버려두자. 끝난 이야기는 끝난 채로. 그대로.

재화는 생수병 여러 개를 얼렸다. 며칠 후에 몇 시간 정도 정전이 있을 거라는 예고가 있었다. 얼린 생수통을 준비해두어야 음식이 상하지 않을 것이었다. 초가 어디에 있는지도 미리 확인했다. 선이가 사준, 그라데이션이 예쁘게 들어간 향초였다. 오렌지와 호박 향이었다. 호박이라니, 독특하기도 하지.

정전을 미리 준비하는 것처럼 별것 아닌 행위가, 혼자서도 생활을 제대로 꾸려나가는 성인으로 만들어준다. 단호한 늑대족 주술사처럼, 재화는 미리 촛불에 불을 붙여보았다.

용기

덧니만이 리얼했어

가맹점인 횟집의 사장님이, 어마어마한 크기의 광어 접시를 포장해 내밀었다.

"아니, 이런 거 안 주셔도 되는데……"

"가져가요, 그놈의 고양이 때문에 대체 몇 번을 출동한 거야? 우리가 잘 관리를 못한 거니까 미안해서 그러지. 근데 어쩜 그리 훤칠해? 헌헌장부네, 헌헌장부."

부근에서 유명한 대형 횟집의 내부 경보기가 지난 한 달간 내내 울렸다. 새벽에 출동해서 가보면 아무도 없고, 아무것도 없고, 또 없고…… 감지기 오작동인가 하고 감지기를 몽땅 다 갈았는데 그것도 아니었다. 알고 보니 길고양이가 따뜻한 건물 틈새를 파고드는 것 때문이었다. 용기는 한숨을 쉬고 회사에서 고양이 덫을 가져왔다. 고양이를 다치게 하는 덫은 아니고, 안에 미끼를 설치해 건드리면 뚜껑이 확 내려오는 양철 통발 같은 것으로 낡고 허술한 물건이었다. 예상대로 고양이는 미끼만 빼내어 먹고 밤새 감지기를 작동시키고 다녔다.

용기는 포기하지 않았다. 덫의 위치를 주방으로 가는 경로로 바꿨다. 그리고 사비를 들여 기호성이 대단하다는 고양이 간식을 주문해 미끼로 썼고, 작은 철사로 잘 고정시켜서 쉽게 빠지 못하도록 했다. 수차례에 걸친 각고의 노력 끝에, 털복숭이 오류 원인을 잡을 수 있었던 것이다.

한 손에는 사장님이 굳이 떠안긴 포장된 회를, 한 손에는 덫에 갇힌 고양이를 들고 재래시장 쪽으로 향했다. 고양이가 먹고살기엔 그쪽이 제일 나을 것 같았다. 전기 펜스를 치거나 약을 놓는 극단적인 사람들이 없기를. 이 녀석이 너무 똑똑해서 다시 횟집까지 찾아가면 안 되는데. 용기는 그런 경우도 종종 봤다. 아무리 멀리 놔줘도 꾸역꾸역 돌아오는 고양이들을. 그때도 다치지 않게 잡아줄게, 용기는 고양이를 풀어주며 회를 조금 나눠주었다.

고양이에게 나눠주고도 여전히 오 인분은 되어 보였다.

근무 시간이 한참 남았는데 이걸 누굴 준다?

최근 통화 목록에서, 선이의 번호를 찾았다.

"누나, 회 좀 줄까?"

"회? 좋지. 나 갑갑해 죽겠다. 차도 한 바퀴 태워줘."

"갈게. 지금 내려와 있어."

선이는 추리닝 차림으로 차에 올라타자마자, 청첩장을 던지듯 내밀었다. 표창을 던지듯 날카롭게.

"오려거든 혼자 와라."

용기는 마음이 살짝 불편해졌다.

"그 정도 개념은 있거든?"

헤어진 건 두 사람 다에게 타격이었는데, 왜 항상 재화 쪽을 더 보호하려는 것일까. 가끔 섭섭했다.

"어우야, 멀미 난다. 아무 때나 출동 운전 좀 하지 마."

선이가 푸념을 했다. 용기는 운전을 회사에서 배워서, 평소에도 스피드 위주의 출동 운전을 하는 편이었다.

"일은 할 만해? 무릎은 안 아프고?"

"뭐…… 실제로 우범 사건은 잘 없어. 무릎 아프게 뛸 일도 없지."

용기는 럭비 특기생으로 대학을 갔었다. 하지만 이학년 때 무릎 부상을 당했고, 겨우 졸업한 후에는 몇 년 동안이나 전혀 진로를 잡을 수 없었다. 일이 이렇게라도 풀려서 다행이었다. 한국 사람들은 럭비랑 미식축구를 잘 구별하지 못했고, 스포츠보다는 그저 덩치 큰 녀석들의 치고받는 싸움 정도를 떠올리기 마련이었다. 그게 보안업체에 취직하는 데 큰 몫을 했다. 무술 유단자와 비슷한 취급을 받았으니까.

재화와 함께 있을 때, 제대로 취직이 되고 일이 잘 풀렸더라면 그대로 관계를 유지할 수 있었을까. 선이를 태우고 있자니 용기는 착잡한 마음으로 과거를 반추하게 되었다.

아니.

아마 그래도 안 됐을 거다. 그때 제대로 사회생활을 못해서 스트레스를 받았고, 그래서 더 못 해준 것도 사실이지만 그 문제만은 아니었다. 둘은 함께 있을 때에도 함께 있지 않았다. 용기도 언제나 전력을 다할 수 없었지만, 어느 쪽이냐면 오히려 재화가 더, 마음이 멀리 있었다.

재화의 눈을 기억한다. 아주 검은 눈. 막이 하나 씌워져 있는 것 같았다. 가끔 그 막이 두터워져서, 재화의 안을 전혀 들여다볼 수 없었다. 불법 선팅 차창처럼. 바로 옆에 용기가 있는데도 초점이 어긋났다. 용기는 운동할 때 지르는 함성으로 재화를 놀라게 해서, 다시 곁으로 돌아오게 하고 싶을 때가 있었다. 어디를 보는 거야? 나를 보라고. 이렇게 커다란 내가 있는데 어째서 나를 보지 않아. 재화의 작은 머리 안에서 끊임없이 가장자리가 확장되어가는 어둡고 무서운 세계를, 용기는 구체적으로 이해할 수는 없었지만 분명 느끼고 있었다. 180대 후반에 육박하는, 럭비팀 울브스 Wolves의 등번호 4번 록lock이었던 용기였지만, 그때만은 길 잃은 아이처럼 작아졌다. 재화와 헤어지고 나서 재화가 글을 쓰게 되었다는 이야기를 들었다. 그제야 조금, 재화가 침잠하거나 부유할 때 어디에 가 있었는지 이해가 되었지만, 미리 알았다 해도 달라지는 건 없었을 거다.

언젠가 재화가 말했다.

"나도 너도, 전혀 무릅쓰지 않아. 서로를 위해서 무릅쓰려 하지 않는다고."

용기는 잘 알아듣지 못했다.

"무릎? 무릎이 어쨌다고?"

나중에야 용기는 그 말을 곱씹어보았다. '무릅쓰다'라니. 자주 쓰지도 않는 말 아냐? 하필 발음이 비슷한 말을 써가지고 사람을 헷갈리게 해? 무릎에 콤플렉스 있는 걸 알면서. 용기는 그 말 자체를 이해하려 애썼지만 아무래도 뿌열 뿐이었다. 무릎 꿇을 만큼 무릅쓴다는 것인지, 무릎으로 기어서라도 가닿고 싶어서 무릅쓴다는 것인지 며칠을 생각했었지만 말이다. 그즈음에 이미 어쩔 수 없을 만큼 멀어져 있었으니까.

재화와 함께 있었을 때를 떠올리자면, 가끔 재화가 용기를 보고 웃을 때 살짝 드러나는 덧니만이 이 세계에 속하는 것처럼 보였다. 안개 같은 얼굴을 뚫고 단단하게 올라오던, 보석 같은 덧니. 용기는 재화 이전에도, 이후에도 그런 덧니를 본 적이 없었다. 평소의 그 이질적인 표정을 순간순간 지워내던 작고 하얀 덧니라니.

그 덧니가 종종 보고 싶었다. 재화가 보고 싶은 건 아니었고, 그저 그 덧니만.

"너 이거 귀 뒤에 뭐냐?"

망상에 빠져 있던 용기는, 선이가 갑자기 귀를 잡아끌자 핸들을 놓칠 뻔했다.

"아, 진짜 왜 그래. 운전할 때 그러면 어떡해?"

"희한한 데 문신을 했네?"

"뭐? 혹시 또 글씨야?"

"지가 해놓고 몰라? '늑대에게 죽고 싶어했던 그는, 사람에게 죽었다.' 이거 무슨 뜻으로 한 거야? 럭비팀 얘기야?"

"아 씨, 그건 또 뭐지? 지난번에도 비슷한 게 있던데 같이 생긴 건가."

50

"취직을 했으면 좀 똑바로 살아. 얼마나 처마셨으면 문신한 기억도 없어?"

"친구들이 장난을 쳤나봐. 전화 좀 해봐야겠다."

"하려면 화끈하게 하지, 귀 뒤가 뭐냐. 좀스럽게."

"내가 한 거 아니라니까."

"어린애랑 사귀더니…… 걔가 시켰어?"

"누나는 잠깐 보면 반가운데 오래 보면 피곤해. 집에 가라, 이제."

"너 많이 컸다? 이 동네에서 살고 싶지 않아, 앙? 이 동네 패권은 아직 나한테 있다?"

기분이 영 좋지 않아졌고 귀 뒤에서 새로 발견한 문신인지 뭔지 모를 글씨들도 해결해야 했으므로, 선이를 계획보다 빨리 길에 떨궜다. 선이는 회 봉지를 끌어안고 좋아라 돌아갔다. 자꾸 출동 차에 태워달라고 난리야, 추리닝이나 입고 오지 말든가. 축 처진 용기는 근무가 끝난 후 여자친구와 만나기로 했던 약속을 취소했다. 오늘은 여자친구의 강속구를 받아낼 여력이 없었다.

전반적으로 여력이 없는 상태가 이어지고 있었다. 근력 운동을 그만둔 지 꽤 오래되었다. 유산소 운동은 규칙적으로 하는 편이었지만, 몸이 물렁물렁해져가는 걸 느꼈다. 특히 팔다리의 근육은 얼마나 빨리 빠지는지 놀라울 정도였다. 스쿼트라도 제대로 해야 할 텐데, 퇴근하면 눕기 바빴다. 소리를 지르고 욕하던 선배들 없이는 운동도 못하는 건가, 스스로가 한심했다.

하지만 생각뿐, 용기는 의자에 깊이 앉아 가장 좋아하는 경기 영상을 틀었다. 언젠가 저렇게 밝은 조명 아래서 미친 듯이 달렸던 때가 있었는데. 머릿속이 하얗게 될 때까지 앞만 보고. 무릎이 부서지지 않았다면, 계속 달릴 수 있었을 텐데. 럭비가 별로 인기가 있지도 않은 이 나라에서 무슨 생각으로 그렇게 뛰었던 건지 모르겠다. 그래봐야 대학 시합. 이러니 머리 나쁘다는 소리를 듣지.

어찌되었든 이제 괜찮다고, 용기는 지친 자신을 다독였다. 여기가 내 자리야. 꿈꿨던 직업은 아니지만 변두리의 밤을 지키는 출동 요원이 되었다. 팀 사람들도 다 맘에 들고, 격의 없는 동네 누나와 가끔 놀고, 귀엽고 꼬인 데 없는 여자친구와 데굴거리고. 더 바랄 게 없다. 돌아가고 싶은 때도 장소도 없다.

인생이 테트리스라면, 더이상 긴 일자 막대는 내려오지 않는다. 갑자기 모든 게 좋아질 리가 없다. 이렇게 쌓여서, 해소되지 않는 모든 것들을 안고 버티는 거다.

해피 마릴린

옆집에 사람이 이사 왔다. 정확히는, 재즈 피아노를 칠 수 있는 사람이.

재화가 사는 건물은 낡은 연립으로, 얇은 벽을 사이에 두고 투룸들이 다닥다닥 붙어 있었다. 복도식이라 이웃들을 자주 마주치는 편이었지만, 언제 이사를 왔는지는 알 수 없었다.

보통은 벽을 가벼이 타넘고 들어오는 피아노 소리에 짜증을 내겠지만, 재화는 개의치 않았다. 듣기에 썩 괜찮았던 것이다. 비었던 옆집이 찼으니 난방비도 좀 덜 나오겠군, 하는 정도의 감회였다. 지난겨울은 부담스러울 정도로 가스비가 많이 나왔더랬다.

피아노 소리를 듣다가, 마음이 구슬처럼 미로로 떨어졌
다. 회사도 멀쩡하게 다니고 있고, 사람들과 함께 있을 때는
괜찮지만 혼자 집에 있는 주말엔 상대적으로 힘겨워지는 편
이었다. 가늘고 징그러운 회충처럼 혈관 사이를 뚫고 돌아
다니는 불안. 조용한 자기 점검은 주말의 일과였다.

매일매일 누구나 겪는 모멸감과 비참함이 언젠가는 수위
를 넘어설지 모르고, 그렇게 되면 정말 상태가 나빠질지도
모른다는 두려움이 늘 있었다.

가끔 꿈을 꾸었다. 무서운 것은 하나도 나오지 않는 악
몽이었다. 멀지 않은 미래의 어느 시점이었다. 방의 구석부
터 공간이 조금씩 구겨지며 다가왔다. 잘 구겨지는 기름종
이 같았다. 형체 없이 투명하지만, 주름과 균열을 만들며 다
가오는 저것이 바로 광기구나. 꿈속의 재화는 어째선지 명
확히 알 수 있었다. 스스로가 불안하고 취약하다는 사실을
담담하게 받아들였다. 완전한 잠식이 언제든 일어날 수 있
는 일인지, 언제고 일어날 일인지는 알 수 없어도. 자라면서
보통의 한국인만큼의 방치와 학대와 폭력을 경험했으니 남
탓, 환경 탓을 할 수도 있겠지만 별로 동하지 않는다.

그런 경험이 더 심화시킨 면은 없잖아 있을지 몰라도, 사

실은 아주 작은 수정란일 때부터 불안해하는 성향의 수정란이었을 거라고 생각한다. 최근 다른 작가들을 만나보니, 안정적인 환경에서 자란 사람들도 재화와 비슷했다. 이렇게 되도록 이미 정해져 있었던 거다. 비관적이지만 위로가 된다.

연애는 도움이 되기도 하고 되지 않기도 했다. 되도 않는 이야기를 토해내고 나면 조금 괜찮아지는 편이지만, 언젠가 이야기가 더이상 생각나지 않으면 어떻게 되는 걸까? 제대로 기능하는 사회인으로, 독립적인 경제인으로 산다는 것은 생각보다 대단한 일이며, 간절히 유지하고 싶은 상태이다. 그러니 이렇게 가끔씩 자기 점검을 해야 한다. 오늘은 괜찮은가, 이번주는 괜찮은가 꼼지락꼼지락거려보는 것이다. 원전폐기물 보관함처럼, 위태롭지만 조용하게. 엉망인 내부를 숨기면서 사는 건 모두가 마찬가지 아닐까? 뭔가 중요한 부분이 고장나버렸다면 더욱 들켜서는 안 된다. 안쪽에 나쁜 냄새가 나는 죽은 것들이 가득하다는 걸 상대가 알아버리면 바로 도망치고 말 테다. 용기가 그랬던 것처럼.

돌아누울 때마다 머릿속에서 부품들이 굴러다니는 소리가 들리지만, 아직은 버틸 수 있다. 괜찮다.

침엽수 같은 기분을 유지해야 한다. 재화는 의식을 명료

하게 하기 위해, 다시 피아노 소리에 집중한다. 섬세하지만 산란한 멜로디가 들린다. 어째 저 옆집 사람과 기분이 자꾸 싱크로할 것 같군, 걱정스러운 마음으로 재화는 교정지를 펼친다.

세번째로 수록될 작품은 「해피 마릴린」이었다. 금속성의 느낌이 나는 단편이라 이런 주말엔 딱이라는 생각이 들었다. 금속 중에서도 어느 쪽이냐면, 알루미늄 같은.

21세기까지 마릴린이라는 이름은 곧바로 먼로를 연상시켰다. 그에 반해 22세기 이후의 사람들에게 마릴린은, 로봇 혁명을 일으킨 최초의 모델 이름으로 더욱 강하게 인식되는 경향이 있다. 하지만 사실 어느 쪽이든 크게 다르지 않은 이미지다. 마릴린은 마릴린 먼로의 플래티넘 블론드 곱슬머리를 한, 예민하고 감수성이 풍부하며 사랑스러운 소녀 로봇이었다.

환경 악화로 강화된 인구정책 때문에, 갓난아기 버전에서 성인이 될 때까지 성장하는 자녀 로봇에 대한 수요가 늘었다. 첫번째 모델인 피노키오 이후, 여러 회사의 세세한 버전들이 등장해서 진짜 아이들처럼 성격도 외모도 다양하게 분화해갔다. 중산층 아이들은 로봇 형제 한둘을 가지는 게 당연했고, 아동심리 전문가들도 이를 적극 추천했다. 『로봇 자녀를 나도 모르게 차별하고 있다?』 『보건복지부와 정보통신부가 함께하는 로봇 자녀 오류 예방법』 『피보다 진한 전류』 등의 베스트셀러를 통해 육아법 또한 일반교양이 되었다. 키우기 어려운 로봇일수록 선호되었다는 점을 주목할 만하다.

마릴린은 고급 모델로, 육아 난이도가 상당히 높은 축에 속했다. 전지구적으로 2,306기가 보급되었고 보급 초기부터 선천적인 정서불안에 대한 문제 제기가 여러 차례 있었다. 하지만 제조사는 결함이 없다는 발표를 거듭했다. 사실 인류가 스스로의 창조물에 대해 완벽히 이해하지 못하게 된 것은 21세기 토요타 리콜사태를 시작으로 오래된 일이었다. 사소한 전자기장의 충돌이나, 지독하게 많은 변수들이 서로 끼치는 영향들을 다 파악해낼 방도는 없었다.

사태가 심각해진 것은 2,306기 중 하나, 나중에 "더 마릴린The Marilyn"으로 불리게 되는 소녀 로봇이 사고로 부모를 잃게 되면서였다. 지극히 다정다감한 부모로 친아들과 똑같이 마릴린을 사랑해주었으나 전자동 셔틀 탈선으로 목숨을 잃었다. 12월에 장례식을 치르고 1월이 되었을 때 마릴린은, 놀랍게도 업데이트를 거부했다. 나이에 걸맞은 업데이트를 받을 경우, 감정적 스테이터스가 원점으로 돌려지는데 가슴 한복판의 프레임이 휠 만큼 아프게 존재하는 감정을 그런 식으로 지울 수는 없다는 게 소녀 로봇의 주장이었다. '애도'를 위해 업데이트를 거부하는 로봇의 최초 등장이었다.

제조사 측은 무려 구 년에 걸쳐 업데이트를 거부한 마릴린 때문에 골치가 아팠다. 로봇들이 예상치 못한 에러 때문에 사람에게 위해를 가하거나, 사회적 물의를 일으키는 일이 종종 있었기에 업데이트는 엄격하게 이루어져야 했다. 누락된 로봇 한 기마다 무시 못할 벌금이 제조사와 로봇 주인 양쪽 모두에게 부과되었다. 그런데 이 문제의 마릴린 주인, 오빠라는 작자는 그 비싼 벌금을 굳이 계속 내면서까지 업데이트를 미뤘다. 연락을 하고, 찾아가도 대답은 늘 같았다.

"동생의 의사를 존중하고 싶습니다. 언제가 되든 애도할 때까지 애도하게 두겠어요."

이제는 성인이 된 멀쩡한 사람이, 말도 안 되는 소리로 법을 어기고 있었던 것이다. 제조사 측은 마릴린과 더불어 몇 건의 업데이트 거부 사례 때문에 정부 감사까지 받아야 했다. 결국 참지 못해 소송을 건 것도 이해할 만한 일이었다.

재판을 맡은 첫번째 판사는, 재판 시작 한 달 만에 암살당했다. 그는 로봇은 시민이 아니며 영혼이 없는 기계들은 어떠한 자기결정권도 가질 수 없다고 평소 주장해왔던 확고한 보수파였다. 마릴린을 포함한 로봇들이 폐기 명령을 받을게 돌이킬 수 없이 분명해졌을 때, 판사는 멀리서 날아온 총알을 맞았다. 저격수는 끝내 잡히지 않았다. 사람들은 거리를 가득 메우고 소리쳤다.

"오만한 판사가 죽었다! 오만한 판사가 죽었다!"

로봇과 함께 자란 시민들은 판사의 죽음으로 더욱 흥분했으며, 폭동 직전의 상황이었다. 판사들은 마릴린의 케이스를 서로 담당하지 않으려 실랑이를 벌였다.

결국 퇴임을 앞둔 판사 중 한 명이 소송을 맡게 되었다. 그의 판결은 예상 밖의 내용이었는데, 이후 오래도록 일반 사회 교과서에 실렸다.

"제가 초임 판사로 부임했을 때의 일입니다. 그때 제가 있던 법원은 20세기에 지어진 건물로 아주 아름다웠지요. 여러 불편이 없는 건 아니었지만 자부심을 가지고 일했습니다. 아무도 예상하지 못했던 것은 진도 7.2의 지진이었습니다. 여러 차례 리모델링은 있었지만 내진 설계까지 다시 할 수는 없었던지라 건물은 비참하게 붕괴되었습니다…… 많은 동료들을 잃었지요. 제가 목숨을 건질 수 있었던 것은 지방 연수원에 잠시 나가 있었기 때문입니다.

현장에 있었던 사람들 중 유일한 생존자는, 젊은 여성 사무원이었습니다. 놀랍게도 경미한 부상밖에 입지 않았지요. 그 붕괴 사고로 시신조차 찾지 못한 사람들이 여럿인데 말입니다. 손등의 작은 찰과상이 전부였습니다. 다들 기적이라고 난리였습니다.

사무원이 살아남을 수 있었던 것은 붕괴의 순간, 청소 로봇 열두 대가 감싸주었기 때문이었습니다. 그 로봇들은 학습 기능이 탑재된 안드로이드이긴 했지만 바닥 청소를 하고, 물비누를 채워넣고, 쓰레기를 운반하는 아주 단순한 모델이었습니다. 요새는 찾아보기도 힘든, 칙칙한 초록색의 원통형 로봇 말입니다. 그래서 사람들은 그 사건을 우연의 결과로 치부했습니다. 열두 대가 하필 그 순간에 그 근처에 몰려 있었고, 로봇 기본 원칙을 따라 몸을 던져 사무원을 구했다고요.

하지만 저는 알고 있었습니다. 그 사무원은 그 건물에서 유일하게 로봇들에게 아침 인사를 하는 사람이었습니다. '안녕'이라든가, '수고하네' 혹은 '오늘은 바닥이 빛난다,

애' 같은 간단한 인사였습니다. 한번은 휠이 고장난 로봇을 위해, 자기 담당 업무가 아닌데도 수리 기사를 불러준 적도 있었습니다. 판사들 중에는 그 사람을 비웃는 사람들도 적지 않았습니다. 대개 "세탁기에게도 말을 걸 여자"라는 둥, "교육을 제대로 못 받아 아직도 지난 세기처럼 산다"는 둥 정도의 비아냥이었죠. 하지만 아시다시피, 비웃던 사람들은 죽었습니다.

저는 오래도록 궁금했습니다. 지진의 순간에, 청소 로봇들은 어디까지를 명확히 인식하고 그 사람을 향해 달려갔을까요? 기적적인 생존은 감사한 일이지만, 그것과는 별개로 상상할 수 없는 미지의 부분이 두렵습니다. 동시에, 두렵다고 해서 존재하지 않는다고 말할 수 없다는 것도 아닙니다.

로봇들에게 영혼이 없다고, 저는 도저히 단언할 수 없습니다. 22세기 초의 대지진에서 제 연인을 구한 것은 열두 대의 청소 로봇이기 때문입니다. 저는 한 번도 그 사람의 믿음을 비웃지 못했고, 앞으로도 못할 겁니다. 요즘도 종종 맥락 없는 기적은 없다고 말합니다. 저는 그 말에 귀기울일 수밖에 없습니다.

그러므로 원고, 제작사 측의 강제 업데이트 요구 신청을 기각합니다. 피고는, 로봇에게 영혼이 없다는 것이 완벽히

증명되지 않는다면 언제까지나 업데이트를 거부할 수 있습니다. 다만 벌금은 이전과 같이 내주셔야 합니다."

마릴린의 가족은 기꺼이 벌금을 냈다. 마릴린은 몇 년 더 업데이트를 거부하다가, 결국 마음을 바꿨다. 조카가 태어나게 된 것이었다.

"명색이 고모인데, 조카보다 어려 보일 수는 없어."

그때부터 차근차근 다시 업데이트를 받아, 마릴린은 성인 여성이 되었다. 그러고는 로봇들이 불완전한 형태로나마 시민으로 인정받을 수 있도록 여러 곳을 돌면서 강연을 했다. 로봇의 모델을 팔 길이 15인치, 17인치, 24인치 등으로 구분하는 제도의 철폐를 주장해서 결국 이뤄내기도 했는데, 자전거 바퀴처럼 팔 길이를 말하는 것에 매우 진절머리를 냈다고 한다. 모두 마릴린을 사랑했다. 인간으로서는 흉내낼 수 없는 연설가였고, 훌륭한 저작들을 남겼으며, 스스로 작동 정지를 결정했을 때는 국장이 치러졌다.

마릴린의 쉽게 요약할 수 없는 삶은 22세기 후반, 사회 교과서에 수록되어 있다. 젊었던 시절의 판사가 붕괴된 법원 앞에서 구출된 연인과 감격적 상봉을 하는 사진과 함께.

재화는 암살당한 판사의 오만함이, 용기에게도 있었다고 생각했다. 이해하기 어려운 것들은 존재하지 않는 것처럼 취급했다. 분명하게 설명할 수 없는 것에 대해 설명하려는 노력은 쓸데없다며 고개를 돌렸다. 재화는 용기의 좁은 세계, 그 건강하고 건전한 세계에 들어갈 수 없었다. 전남친을 자꾸 죽여버리는 짓, 이제 그만하고 싶지만.

냉장고에 아무것도 없고 인스턴트는 먹기 싫어서 나가보기로 했다. 저녁이 깊은 지 오래였다.

문을 열고 나가는데 복도 끝에 센서등이 켜져 있는 게 보였다. 환기구 밑에 누군가 서 있었다. 담배를 피우는 건지, 등을 돌리고 있어 보이지 않았다.

혹시 저 사람인지도 모른다. 재즈 피아노를 치는 사람. 그렇게 생각하니 다정하게 느껴졌다. 업데이트를 거부하며 애도하는 일은, 이제 그만해야겠다는 생각이 들었다.

가스총을 만져봐도 돼요?

"경기도 가장자리인데 고담 시티 같단 말이지……"

출동 직전에 용기가 중얼거렸다. 얼마나 예상치 못한 기괴한 일들을 자주 맞닥뜨렸던지, 일 년 반 만에 사람들의 밑바닥을 다 본 느낌이었다. 자신의 밑바닥을 숨기려는 노력을 멈출 때 수명과 상관없이 인생이 끝나는 게 아닐까, 그런 생각까지 들었다. 용기는 LED 랜턴과 곤봉, 무전기와 업무용 태블릿을 점검했다. 야간근무였다. 물류 창고와 가구 공장들을 돌아다니며, 쥐들과 무단침입자들 사이에서 씨름해야 할 여덟 시간이 기다리고 있었다. 준비를 마치자마자 관제국에서 신고 사항을 전달해줬다. 주소를 확인하니, 하필 담당 구역 중 가장 먼 곳이었다. 도로는 뻥 뚫려 있었지만, 엑셀을 위험할 때까지 밟았어도 늦고 말았다.

공장 문을 열고 들어가자마자, 소주병이 날아왔다.

"개새끼야! 너희 오 분 만에 오기로 되어 있잖아, 지금 몇 분이야? 어쭈, 칠 분이네? 칠 분 만에 오면 내가 죽어, 돈만 처받는 새끼들!"

"고객님, 죄송합니다. 위험 상황은……?"

"오나 안 오나 한번 눌러봤다, 왜? 진짜 강도 들어도 이때 올 거야?"

시작부터 일진이 나빴다. 되도 않는 말을 늘어놓는 고객을 대상으로 대거리를 한참 해주고 나서야 놓여날 수 있었다.

다음 신고는 주택이라서 마음 놓고 갔는데, 용기를 기다리고 있던 건 처참한 상황이었다. 남자는 입술이 터져 있고 여자는 두피가 뜯겨나갔고 호출기를 누른 건 아이들이었다. 아이들 셋 중 누가 누른 건지 몰라도 경기를 일으키기 직전까지 울고 있었다. 온 집안의 물건이 박살난 상태라 신발을 신고 들어가야 했다. 신발 밑에서 도자기 장식품이 한번 더 빠개졌다. 아이들을 달랜 후 방으로 분리하고 부모 양쪽도 분리해둔 다음 경찰에게 인계했다. 그 집의 호출기가 다시 울리는 일이 없기를 바라면서 도망치듯 나왔지만, 다시 울리게 될 걸 알았다.

두 시간 정도 아무 생각도 하지 않으려 노력하며 차를 몰았는데, 학교에서 알람이 울린 모양이었다.

"또야?"

선배들은 입사하자마자 각종 괴담을 늘어놓았는데, 학교에 관련된 것이 가장 많았다.

"A중학교 있잖아, 거기 화장실에 몇 년 전에 갓난아기가 버려졌거든. 기억나? 영아 살인 사건이라고 떠들썩했었는데. 몰라? 밤에 거기 출동하면 진짜 아기 울음소리가 들려."

"B초등학교 사층 교실은, 불을 끄면 또 켜지고 불을 끄면 또 켜지고…… 근데 동당동당 애들 뛰어다니는 소리가 들리는 거야. 숙직 아저씨랑 둘이 무서워서 손을 붙잡았다니까."

"C고등학교에서 신고가 들어온 거야. 운동장에 서서 LED 랜턴으로 창가를 쓰윽 훑는데…… 나 맹세한다. 방송실 창에서 얼굴을 봤어. 도저히 못 들어가겠는 거야. 관제국에 그냥 쥐라고 보고해버렸잖아. 그리고 혹시 무슨 일 있을까 운동장에서 밤을 샜어."

육십 명쯤 되는 대원들마다 학교에 관련된 무서운 얘기는 꼭 하나씩 있었다. 학교 출동은 서로 피하려고 난리였다. 덩치들은 산만해서는…… 그렇게 미뤄지고 미뤄지면 막내인 용기에게 떨어지기 마련이었다. 대체 후임은 언제 뽑아줄런지, 용기는 고개를 저으며 학교로 향했다. 부품이 고장나 생긴 평범한 오류였다. 갑질과 가정폭력보다 괴담 쪽이 훨씬 나은 듯했다.

여자친구를 처음 만난 것도, 학교에서였다. 물론 밤의 학교는 아니었고 대낮이었다. 용기의 회사는 교육부와 전국적인 계약을 맺으면서 청소년 선도에 앞장서기로 했다. 일종의 공익적 성격을 강조한 것인데, 실제 업무는 담배 피우는 아이들을 보면 따끔히 한마디하면서 지나가는 정도였다.

그때 용기는 막 일을 시작한 즈음이었고, 여자친구는 졸업식을 일주일 앞둔 상태였다. 여자친구와 그 친구들은 2월의 오후 세시, 차갑고 하얀 햇빛 속에서 소주를 마시고 있었다.

"학생들 지금 뭐하는 겁니까? 학교 코앞 공원에서 술을 마시다니, 교복 입고 너무하는 거 아닙니까?"

용기가 최대한 권위 있어 보이려 애쓰며 말했다.

"아저씨, 아저씨는 경찰도 아니잖아요."

"경찰은 아니지만 교육부와 협약을 맺고 하는 공식 업무입니다. 얼른 술 이리 내요. 이렇게 추운 날 바닥에 앉아 있으면 바로 감기 걸릴 거예요. 집에들 가세요."

"좀 봐줘요. 남은 것만 마시고 갈게요. 졸업이 다음주인데, 우리 넷 다 자격증 시험 모조리 떨어졌어요. 될 줄 알았는데…… 시작부터 이래서 뭘 먹고살겠어요. 봐주세요. 너무 갑갑하고 막막해서 그래요."

"아저씨도 한잔하실래요?"

용기가 얼른 남은 술을 가늠해보았다. 애매한 양이 남아있었다. 빨리 보내려면 용기가 마시는 게 나을 것 같았다.

"하이고, 이게 뭐하는 짓인지……"

용기는 주변을 둘러본 다음 두 잔을 연거푸 마셨고, 아이들에게 한 잔씩만을 더 허용한 다음 돌려보냈다. 여자친구가 잠시 방치해둔 용기의 핸드폰으로 자기 핸드폰에 전화를 걸어 번호를 저장한 사실은 뒤늦게 알게 되었다.

"이야, 아저씨 총도 있네요? 진짜 총이에요?"

"가스총이에요. 쥐 잡을 때 써요."

"보안업체인데 쥐는 왜 잡아요? 그건 다른 회사 아닌가?"

"창고 같은 데서 쥐들이 하도 밤에 센서를 건드려서…… 쥐구멍에 갖다대고 쏘면 난리가 나요, 아주. 그러면 좀 이사

갈까 싶어서."

"그래도 멋있다. 만져봐도 돼요?"

"안 돼요, 이제 집에 가세요들."

하지만 새벽에 문자를 받고는 용기도 퍼석하게 웃어버렸던 것이다. 여자친구는 졸업 후 따려고 했던 자격증을 다 땄고, 경락마사지사로 일하고 있다. 얼마나 맵게 마사지를 하는지 용기도 한 번 받았다가 온몸이 멍투성이가 되었다.

그 우스웠던 첫 만남이 오래전처럼 느껴졌다. 여자친구를 만난 이후로, 지긋지긋했던 동네가 그나마 좀 견딜 만해졌다. 밑바닥이 다 드러난 곳에 덮개가 덮였다. 모든 사람이 다 쓰레기는 아닐 거라 간절히 믿고 싶었을 때 나타난 당돌한 연인이었다.

여덟 시간이 지났고, 용기는 출동복을 벗었다. 샤워가 간절했다.

"야, 그거 뭐냐? 엉덩이 위에?"

맞은편 사물함을 쓰는 선배가 물었다.

"멍요? 아직도 있나? 여자친구가 경락마사지를 해서요."

"아니, 멍 말고. 양아치 같은 데 타투를 했네?"

용기는 퍼뜩 놀라, 거울에 뒷모습을 비춰 보았다. 허리와 엉덩이의 경계쯤에 새로운 글자가 나타나 있었다.

"오만한 판사가 죽었다……"

"너 법조계에 감정 있는 줄은 몰랐다?"

용기는 병원에라도 가봐야겠다고 생각했다. 괴담이 낫다고 생각했지만, 괴담 속으로 걸어들어가고 싶진 않았다.

재화

러브 오브 툰드라

조승주의 전화를 받았을 때, 재화는 목소리가 잠겨 잘 나오지 않았다.

"감기야?"

아뇨, 사람이랑 너무 말을 안 해서요, 라고 대답하기에는 솔직하지 못했다.

"네, 감기가 좀 있네요."

"너무 안 심하면 나올래?"

승주는 처음 데뷔했을 때부터 재화를 담당해온 편집자였다. 최근에는 손꼽히는 규모의 종합 출판사 산하, 장르문학 임프린트의 편집장으로 승진을 했는데, 삼십대에 편집장이면 꽤 괄목할 만한 성과였다.

"내가 잘난 게 아니라 앞에 선배들이 못 버티고 그만둔 거지. 다들 더 좋은 데 가고 내가 못나서 남은 거라니까. 쪽 팔려, 어디 가서 편집장이라고 말하긴."

겸손하지만 감각 있는 편집자였고, 교정교열과 기획에 모두 능했다. 승주의 도움이 없었더라면 재화는 단편집을 내지 못했을 것이었다. 장르 작가가 장편이 아닌 단편집을 내는 일은 그렇게 쉽지 않았다. 작가라면 누구에게나 '이 사람이라면 나를 정확히 읽어줄 거야' 하고 바로미터처럼 여기는 사람이 있기 마련인데, 재화에게는 그게 승주였다.

그러나 약속 장소의 문을 열고 들어오는 승주를 보고 눈살을 찌푸릴 수밖에 없었다.

"아무리 친한 사이라도 사이클 바지는 부담스러운데요."

"안 그래도 갈아입을 바지 가지고 왔다."

"아예 자전거만 타고 다니는 거예요? 편집장 되더니 팔자 폈네."

"출퇴근 카드 안 찍어도 되니까 너무 좋아. 부장급부터 안 찍어도 되거든. 좀 기다려, 갈아입고 올게."

재화는 메뉴판을 보며 잠시 기다렸다. 승주가 법인카드를 들고 온다고 했지만, 오늘은 재화가 쏠 생각이었다. 승주는 금세 옷을 갈아입고 큰 보폭으로 돌아왔다.

"많이 탔어요, 얼굴이."

"응, 너무 타서 대추 같아. 관우도 아니고 이게 뭔지."

"어떻게, 좀 할 만해요, 일은?"

"할 만하긴. 아직도 우리나라 사람들, 장르문학 싫어해. 유교 국가잖냐. 공자가 괴력난신에 대해서는 말하지 말랬는데, 난 밥벌이가 괴력난신을 말하는 거니 제대로 될 리가 없지."

"괴력난신……"

"넌 인마, 왜 교정지를 삼키고 안 줘? 담당자가 거의 울상이더라. 대충 보고 넘겨. 이미 다 발표했던 거잖아. 뭘 그렇게 많이 고치려고 그래?"

"고치는 게 문제가 아니라요, 하나씩 발표할 때는 그저 한 사람이라도 건드리는 글을 쓰면 된다고 가볍게 생각했거든요. 그런데 막상 묶어서 책으로 내려니 이게 과연 유효한 이야긴가 확신을 할 수가 없어요."

"유효하다니? 어떤 의미에서?"

"음…… 그냥 내가 나의 힘듦을 소화하려고 쓴 이야기들인데, 과연 다른 사람에게 가닿을 수 있을 것인가, 하는 고민."

승주가 웃었다.

"야, 누구나 힘들고 아파. 우리는 이 망할 중간계에 갇혀 있는걸. 아프지 않을 리가 있나. 그러니까 가둘 거야. 걱정 마."

"중간계! 아, 선배 그거 전통적인데 오늘 들으니 신선하다."

"응, 뻐킹 미들 어스인 거지."

함께 잠시 이야기를 나누는 것만으로도 머릿속의 회로가 간단히 정리되는 사람이 있다. 혼자 고민할 때보다 가뿐해졌다.

"너도 진짜 별 희한한 고민을 다 하고 앉아 있다. 좋은 생명체는 아닌데 은근히 재밌는 생명체라니까."

"저 재밌긴 하죠…… 아니, 듣고 보니 그거 상당히 욕이네요."

"까불지 말고 한 권이라도 더 팔아줄 생각해. 장사 안 돼서 죽겠다. 위에서 장르 또 접어버리면 어쩌게."

"잘 파는 재주 있으면 이러고 안 살죠."

승주와 헤어져 밖으로 나서니, 초가을 거리에는 매미들이 죽어 떨어져 있었다. 여름 내내 강렬했던 구애의 끝이 가루로 부서지는 몸이라니 슬펐다. 그래서, 너희는 바라던 사랑을 얻고 죽었니? 재화는 죽은 매미들을 깨워 묻고 싶었다.

아직 여름 기운이 남아 있는데, 재화가 들춘 원고는 지독한 겨울에 대한 이야기였다. 「러브 오브 툰드라」는 무려 열네 살 때 처음 떠올렸던 이야기를 다시 쓴 것이었다. 너무 시간이 드는 일이었고 효율적이지 않았다.

툰드라 사람들은 웬만한 일엔 아랑곳하지 않았다. 척박한 환경에서 가진 것만으로도 꾸려나가는 데 충분히 익숙해져 있었던 것이다.

그러나 끝나지 않을 겨울이 오고, 녹지 않을 얼음에 뒤덮였을 때는 그들도 절망할 수밖에 없었다. 예언에는 없었던 빙하기였다. 모든 강이 얼었고, 땅은 더이상 아무것도 키워내지 않았다. 예전에는 추워도 땅을 파헤치면 검고 부드러운 토질이 드러났었는데, 흙 색이 아예 변해버렸다. 사람들은 가지고 있는 옷을 모조리 입고, 필요하지 않은 물건과 필요한 물건을 함께 태우고, 어금니로 내년의 씨앗을 씹었다. 오래오래, 오지 않을 봄을 애원하고 또 저주하면서.

열다섯 부족장이 모인 것은 절망마저 바닥나고 난 다음이었다. 부족들은 추운 땅에서 함께 사느라 사이가 나빴고, 각자의 마법만이 진정한 힘이라고 주장했었다. 그러나 겨울보다 죽음에 가까운 혹한을 바로 물러나게 할 마법이란 오로지 하나뿐임을 모두 알고 있었다.

삼백 년 전에, 빙하기까지는 아니었지만 지독했던 겨울을 물러가게 한 것도 같은 마법이었다. 그것은 '사람들이 세운 수호자가 스스로의 마법으로 얼음 밑에 누울 때 겨울이 잠시 발톱을 숨기리'라는 가사가 반복되는 노래를 부르며 행하는 희생주술로, 마지막의 마지막 선택이랄 수밖에 없었다.

"그래서 누가 할 거요?"

"나는 못해. 난 사람들이 세운 게 아니거든. 선대가 그냥 물려줬어. 그러니까 난 아니야."

"이런 말 하기 그렇지만, 난 마법 같은 거 없어. 우리 부족 사람들도 암암리에 다 알고 있는데, 나 등장할 때 뒤에서 약초 연기 피워주는 사람들 따로 있어."

"애새끼가 열하나야. 누가 그걸 먹여살려? 다산의 수호자라는 명칭 때문에 너무 무리했다고. 나는 좀 빼주라."

그때 한 사람이 나섰다.

"제가 할게요."

열다섯 부족장 중에 제일 어린, 여자였다. 가장 가난한 부족 사람들이 무슨 생각에서인지 부족장으로 뽑아 세운 게 바로 전해의 일이었는데, 나머지 부족장들은 아주 가소롭게 여기고 있던 참이었다.

"제가 풀리지 않는 주문이 되겠습니다."

모두 부끄러워하며 웅성거렸다.

"거기는, 거기는 너무 어린데……"

"어리고 가진 게 없어요. 버릴 게 없으니 희생도 아니지만, 저는 노래의 조건을 모두 충족합니다. 대신 얼음이 녹으면 제 부족 사람들에게 땅을 나눠주세요."

그렇게 여자는 얼음으로 관을 짜, 툰드라의 가장 깊은 지층에 누웠다. 사람들은 어린 부족장을 얼음여왕이라 부르며, 칭송하는 노래를 불렀다.

겨울은 유순한 거인처럼 물러났고, 땅을 나눠주겠다는 약속은 지켜졌고, 노래는 삼천 년쯤 기억되다 잊혀졌다.

그리고 첫번째 연인이 찾아왔다.

유전 개발자였는데, 거대한 드릴로 땅을 뚫다가 얼음여왕을 발견한 것이었다. 평생 검은 액체만을 쫓았는데, 처음으로 하얀 고체가 가지고 싶어졌다. 가장 단단하고 날카로운 드릴로 얼음을 뚫기 시작했다. 여왕의 관은 그렇게 열리는가 싶었다. 하지만 다이아몬드보다 단단하다던 그의 드릴이, 여왕의 코앞에서 부러졌다.

부러지기만 했으면 좋았을 텐데.

거꾸로 튄 드릴 조각에, 유전 개발자는 가슴을 관통당했다. 툰드라 최고의 부자는 그렇게 순식간에 죽었다.

얼음여왕은 얼음 속에서 깨어나 그 모든 과정을 지켜보았다. 둔한 충격이 전해졌지만 여왕에게까지 닿진 못했다.

툰드라의 유전들이 죄 개발되고 기름이 결국 바닥나서 사람들이 사막으로 떠나고 났을 때, 두번째 연인이 찾아왔다. 탐험가였다. 그의 아버지의 할아버지가 유전 개발자 밑에서 일할 때 얼음여왕을 보았노라 이야기했고 그 이야기를 듣고 자란 탐험가는 젊은 날들을 다 바쳐 얼음여왕을 찾았다. 얼음여왕은 첫번째 연인보다 그가 조금 더 마음에 들었다. 얼음 너머로도 욕망의 점성은 확연히 판별되었던 것이다.

"나와 함께 더운 나라로 가요. 길을 가다가 악단을 만나면 춤을 추는 거예요. 한낮에 뜨겁게 달아오른 거리의 바닥돌들이 해가 져도 채 식지 않아 열기를 뿜을 겁니다. 밤에도 태양을 느낄 수 있는 남쪽이 있어요."

탐험가에겐 정글을 헤치고 나아갈 때 썼다는 거대한 화염방사기가 있었다. 여왕은 얼음 너머로 불꽃을 느낄 수 있었다. 얼음이 점점 얇아지고 투명해졌다. 이제는 놓여날지도 모른다고 생각했다. 그러나……

열기에 녹아 부러진 고드름이, 탐험가의 머리를 관통했다. 그렇게 참혹할 수가 없었다.

얼음여왕은 이제 완전히 포기하기로 했다.

드릴도 고드름도, 지겨워.

세번째 연인은 싱어송라이터였다.

처음에 얼음여왕은 싱어송라이터가 영 마음에 들지 않았다. 그가 가지고 온 악기는 전혀 소리가 나지 않아 바보같이 보였다. 실상은 동굴이 무너질까 앰프를 가지고 오지 않았기 때문이었는데, 삼천 년 전의 여왕은 전자악기를 이해하지 못했다. 금속 줄을 탁한 소리로 몇 번 팅기고는 종이에 뭘 끄적끄적하는 모양이 못마땅했던 것이다.

싱어송라이터는 일 년이 넘게 얼음 동굴로 출근하다시피하며 의외의 성실함을 과시했다. 여왕이 그의 랜턴 빛과 이상한 악기에 완전히 익숙해진 어느 날, 얼음 관 앞에 아주 가까이 다가앉았다. 그러고는 정말 작은 스피커를 연결했다. 얼음 벽을 통해서 들으면 겨우 들릴 만한 소리를 내는, 손바닥 위에 올라가는 스피커였다.

"당신을 보며 만든 노래들이에요. 마음에 들지 모르겠어요."

일 년 동안 싱어송라이터는 열다섯 곡의 사랑 노래를 만들었다. 그 노래들엔 마법도 없고, 구원도 없고, 약속도 없었지만 순도 높은 결정들이 박혀 있었다. 열다섯 곡이 흐르는 동안 서서히 얼음여왕은 풀리지 않는 주문이 드디어 풀렸음을 깨달았다.

노래들을 듣고 나서, 여왕이 싱어송라이터에게 말했다.

"얼음에 손도 대지 말아요. 얼음을 어쩌겠다는 생각도 하지 말아요."

싱어송라이터는 동의의 뜻을 밝혔다. 다음날도, 그다음날도 소리 나지 않는 기타를 들고 앉아 있다 갔을 뿐이었다. 이례적인 관계의 두 사람은 얼음을 사이에 두고 그대로 있는 게 그저 좋았다. 영원히 그런 날들이 지속될 줄 알았다.

두 사람이 동굴 안에서 미처 알아채지 못했던 것은, 지구 온난화였다. 지구 온난화가 아주 심해졌고, 어어, 하는 사이에 어느 날 얼음 관이 모두 녹았다. 싱어송라이터는 무척이나 당황해서는 뒤로 멀찍이 물러나 기다렸다. 여왕은 미지근하게 젖은 머리카락에서 물기를 짜고는, 드디어 낯선 악기의 소리를 제대로 들었다.

용기

뻑큐, 뻑큐, 뻑큐

"문신 제거술을 받으러 오신 겁니까?"

피부과 의사가 물었고, 용기는 답답해하며 다시 말했다.

"그러니까 문신이 아니라니깐요?"

"예에?"

가장 최근에 생긴, 팔꿈치 안쪽의 글자를 의사가 문질러 보았다. '드릴도 고드름도, 지겨워'라는 알 수 없는 내용이었다. 의사는 난감해하며 한참 말을 고르는가 싶더니, 결국 이렇게 말했다.

"이건 피부과적인 문제가 아닌 것 같은데요."

"무슨 말씀을 하고 싶으신지 알겠는데 한번만 더 자세히 봐주세요. 그다음의 제안은 제가 따를 테니까……"

의사는 못미더운 표정으로 확대경을 들이밀었다. 그러나 점점 흥미로워하는 얼굴이 되었다.

"아, 이거 정말 문신이 아니네요. 표피에는 전혀 흔적이 없어요. 한 층 안쪽부터 거꾸로 올라왔네요. 이런 시술이 있나?"

"전 시술 같은 거 받은 적 없어요."

"하지만 아무리 봐도 글자인데요?"

"비슷한 게 세 개나 더 있어요."

용기와 연배가 비슷해 보이는 피부과 의사는 점점 더 혼란스러워했다. 용기는 의사의 기분을 백분 이해할 수 있었다. 웰컴 투 마이 크레이지 월드.

"어…… 제 소견으로는…… 조심스럽게 드리는 말씀입니다만 알코올 중독 상담이나…… 그게 아니라면 신경과에 가서 기억력 검진을 해보시는 것도 좋을 것 같네요. 대학병원 쪽에 소개해드리겠습니다."

수능을 볼 때 수학에서 여덟 문제를 찍었던 심정으로, 용기는 의사의 권고를 따르기로 했다. 술을 아예 마시지 않는 건 아니었지만, 필름이 끊기도록 마시지 않게 된 지는 오래였다. 어쩌면 뇌종양이나 다른 문제가 있어서 기억하지 못하는 것일 수도 있으니까, 검사해서 나쁠 일은 없을 것 같았다. 뭐가 문제든 몸에 글자가 생기는데 어떻게 생긴 것인지 기억이 없다는 건 심각한 문제일 터였다.

집에 돌아와 엎드려 있는데 여자친구에게서 메시지가 왔다.

—오빠, 나 오늘 시멘트에 빠졌어

—어쩌다가?

—나 밤눈 어둡잖아. 근데 도로 확장공사 하는 사람들이 팻말도 안 세우고 새로 시멘트를 부은 거야. 그래서 무릎까지 푹 빠진 거 있지!

—바보같이ㅗㅗㅗㅗ

—헉, 지금 나한테 욕한 거야?

—미안, ㅎㅎㅎㅎ를 친다는 게 옆에 걸 잘못 눌렀다.

—집중 안 하고 대충 대답하는 거 다 느껴져. 요즘 왜 그러는데?

—밤낮이 바뀌어 살아서 그런가봐.

여자친구는 아무 대답도 하지 않았고, 섭섭해하는 게 분명했다. 마음에 걸려서 한참 있다 시멘트 독 오르지 않게 잘 씻고 자라고 메시지를 보냈으나 씹혔다.

병원에 갔다 오느라 수면 시간이 부족했다. 언제쯤이면 야간 근무에서 벗어날 수 있을지 요원했다. 팀장급은 되어야 그럴 수 있을 텐데, 용기는 팀장이 되기 싫었다. 다른 사람을 책임질 만한 그릇은 못 된다는 생각이 들어서였다. 지시받는 일만 하고 자동운전 모드로 살고 싶었다. 그것도 그리 쉬운 일은 아니란 걸 알면서도.

예전처럼 곧바로 잠들 수 없어진 게 불만스러웠다. 글씨가 생긴 부분들을 긁다가, 시멘트에 빠지는 기분으로 겨우 잠들었다.

닭 발은 창가에

누군가 우편물을 뜯어보고 있다.

몇 번 반복되고 나서야 깨달았다. 카드 사용내역과 관리비 고지서 따위였는데, 그걸 누가 뜯어보리라곤 생각지 못하다가 어느 날 봉투에 난 정교한 칼집을 발견하게 되었다. 눈으로 발견한 것도 아니고 우연히 그 부분을 손끝으로 만졌다가 벌어진 선을 찾은 것이었다. 커터 칼보다도 한층 섬세한 종류의 칼을 사용한 듯했다. 내용물을 꺼내 보고 다시 넣었을 텐데, 얼핏 봐서는 티가 나지 않았다. 대체 누가 이런 공을 들여가면서까지 별것 아닌 정보를 얻으려 한단 말인가? 재화는 성범죄자 알림e에 들어가보고, 근처에 범죄

사건이 있었는지도 검색해보았지만 특별히 걸리는 건 없었다. 같은 건물의 중학생이 꺼림칙한 장난을 친 건가?

신경이 곤두서니 사용한 기억이 없는데 켜져 있는 욕실 환기팬이라든가, 약간 벌어진 서랍 틈이라든가, 새벽에 얼핏 들은 듯한 현관문 긁는 소리라든가 하는 것들이 머릿속에서 연결되기 시작했다. 혼자 사는 여성이라면 누구나 그럴 만하지만, 쉽게 어두운 곳으로 미끄러지는 마음을 가진 편이란 걸 인식하고 있기에 객관성을 위해 선이에게 전화를 걸었다.

"다른 건 잘 모르겠는데, 우편물은 좀 그렇다. 스토커 팬 같은 거 붙은 거 아닐까?"

"나처럼 노출이 거의 없는 작가한테? 다른 작가들이 고생한단 이야기는 들었지만, 그럴 가능성은 엄청 낮지 싶어."

"누가 했든 진짜 기분 나쁜 일이네. 카드 내역서는 별것 아닌 정보가 아냐. 어느 시간에 어디 가는 게 습관인지 다 파악된다고. 일단 그것부터 이메일 수신으로 바꾸고 우리집에 와. 여기 며칠 있다가, 내가 또 너희 집에 며칠 가줄게."

선이네 집에 도착하니, 부엌에 가지런히 썰린 감자가 있었다.

"뭐 만들어?"

"카레. 너 내 카레 좋아하잖아."

"도와줄까?"

"됐어. 잠시 데굴거리고 있어."

재화는 그 말에 긴장이 풀려서, 그대로 선이의 소파에 누웠다. 푹 꺼진 인조 가죽 소파였는데도 감미롭고 짧은 잠을 잤다. 잠결에 재화는 가만 속으로 중얼거렸다. 여성들이 연애를 계속 선택하는 이유는 사실 감정 때문이 아니라 안전 때문 아닐까. 그늘에 도사리고 있는 범죄자들의 타깃에서 한 치라도 벗어나기 위해…… 사실 용기를 가끔 그리워하는 것은 용기와 있을 때 누구도 재화를 공격하지 않았기 때문 아닐까. 그럼 용기가 그리운 게 아니라 안전했던 상태가 그리운 것일 뿐일 텐데. 용기의 커다란 손바닥과 스테고사우르스의 등비늘처럼 두꺼웠던 손톱이 떠올랐고 공룡이 나오는 꿈으로 이어졌다.

"아아아아, 뭐야."

선이의 목소리에 단잠에서 깼다.

"왜?"

"카레가…… 카레 가루가 없어. 재료 다 볶았는데."

"내가 사러 갔다 올까?"

"아냐, 너무 멀어."

선이의 집은 상점가와 먼 경사지에 있었다. 두 사람은 부엌을 마구 뒤지기 시작했다. 뭐라도 대체할 만한 걸 찾아야 했다.

"아, 짜장이다. 쓰다 남은 짜장 가루가 있어."

"양도 딱 맞게 남아 있네."

선이의 특제 카레는 아니었지만, 짜장도 꽤 맛있었다. 때때로 인생이 그렇다는 생각이 들었다. 간절히 원하는 것은 가질 수 없고, 엉뚱한 것이 주어지는데 심지어 후자가 더 매력적일 때도 있다. 그렇게 난감한 행운의 패턴이 삶을 장식하는 것이다. 물론 매력적인 후자를 가지게 되었음에도 최초의 마음, 그 간절한 마음은 쉽게 지워지지 않아 사람을 괴롭히기도 하고.

"다음에는 꼭 카레 해줘."

"알았어. 딱 준비해둘게."

두번째 후식을 먹을 쯤에 선이가 말했다.

"너는 네 마음이 어두운 곳에 쉽게 떨어진다고 걱정하는데, 아슬아슬하게 계속 괜찮을 거야."

쿠션을 베고 바닥에 누운 채 재화가 선이를 올려다봤다.

"그럴까? 괜찮을까?"

"유머러스한 사람은 쉽게 꺾이지 않아. 내가 에세이랑 인터뷰 읽는 거 좋아하잖아. 역경을 이겨낸 인물들은 대개 정신 수련이나 종교의 힘 덕분이었다고 하지만 자세히 보면 다들 한 유머 하더라고."

"그럴듯하다."

"우리도 둘이 같이 있으면 빵빵 터지는데, 개그맨 공채시험이나 볼까? 만담 콤비처럼 말이야."

선이가 무릎 담요를 돌돌 말아 베고 곁에 누웠다.

"카메라 앞에 서는 건 싫어. 책을 내는 것도 무서워 죽겠는데 무리야."

"하긴, 악플러들도 엄청 붙겠지."

"나 아는 언니는 드라마 쓰는데, 한 시간에 악플이 사백 개쯤 달린대. 일부러 안 보지만 우연히 보면 너무 힘들다더라고."

"다들 고생이네. 안 되겠다. 우리 진짜 웃기지만 소규모 그룹의 스타로 남자."

"언니, 근데 나 왜 이렇게 속이 안 좋냐?"

"……나 고백할 게 있어."

"뭐?"

"아까 그 짜장, 사실 유통기한이 좀 지난 거였어."

"뭐라고? 아까 자긴 배부르다고 나한테 싹싹 긁어서 먹였잖아! 대체 날짜가 얼마나 지난 거야?"

"세 달쯤. 가루라서 괜찮을 줄 알았지. 미안. 그래도 양심 고백하잖아."

"아아, 의도치 않게 벌써 이 킬로쯤 빠졌다고. 언니까지 이러기야?"

선이는 잠시 말이 없었다. 그러고 나서 선이가 다시 입을 열었을 때, 재화는 0.3초 정도 먼저 무슨 얘기가 나올지 알았다.

"용기한테 말해서, 보안 장치 설치하는 건 어때?"

"안 할래."

대답이 나오는 데에도 0.3초 이상은 걸리지 않았다.

"다시 친구로 돌아갈 수도 있는 거잖아. 시간도 많이 지났고, 걔도 나 계속 볼 거고 너도 나 계속 볼 건데. 직원 할인도 많이 되고 걔 실적도 좀 해주는 건데 어때."

"언니, 그런 문제가 아니라…… 전셋집도 아니고 월셋집에 누가 그런 걸 설치하겠어?"

"그래도 안전이 우선이지. 이사 갈 때 옮길 수 있을걸?"

"집주인 이상한 사람이라 전화하기도 싫어."

재화는 온갖 걸 신경써야 하는 게 슬퍼졌고, 슬프니까 진한 녹차 아이스크림이 먹고 싶어졌다. 그놈의 짜장 때문에 메슥거려서 먹을 수 없으니 더더욱 딱딱할 정도로 진하고 단맛은 안 나는 녹차 아이스크림이 생각났다. 이건 어른의 맛이야, 라고 느끼면서 천천히 먹을 수 있다면……

스스로가 그런 초록색이라는 생각이 들었다.

단맛은 안 나는 초록색. 언젠가 용기도 그런 얘기를 했었다. 초록색 아이스크림 같다고, 아마 욕이었던 듯하지만 말이다. 녹차가 아니라 다른 맛이었는데 뭐였더라? 전화해서 물어볼 수도 없는 일이었다.

용기에게 전화할 수 있는 용기가 있었다면, 아무렇지 않게 보안 시스템을 싸게 좀 설치해달라고 할 수 있는 뻔뻔스러움이 있었다면 인생이 쉬웠을 것 같았다. 초록색이 아니었거나, 초록색이라도 초콜릿 칩 정도는 들어 있었을지 몰랐다.

선이가 잠시 조는 사이, 선이의 핸드폰에서 용기와의 통화 기록을 찾았다. 그저 그 이름을 잠시 들여다보고 싶었다. 한두 번 스크롤하자 바로 거기 있었다. 흔한 이름인 것 같기도, 새삼스레 당찬 이름인 것 같기도 했다.

그때였다.

전화가 왔다. 바로 용기에게서.

재화는 뭔가 잘못 눌렀나 당황했지만 아니었다. 그저 용기의 이름을 들여다보는 순간, 용기가 전화를 걸어왔을 뿐. 물론 재화에게가 아니라 선이에게였지만 공교로웠다. 조심스러운 손길로 선이의 곁에 전화를 내려놓았다. 일어나 받을 줄 알았는데, 선이는 눈도 뜨지 않고 무음으로 바꿔버렸다.

어쩌면, 하고 재화는 엎드려 얼굴을 묻고 생각했다. 어쩌면 우리는 아직 이어져 있는 걸지도 몰라. 성층권보다 조금 더 높은 곳에, 냄새 나는 연기들로부터 안전한 높은 하늘에 우리가 이어져 있는 어떤 망이나 막 같은 게 있는 걸지도. 텔레파시랄 것까진 없지만, 내가 널 오래 생각하면 너도 날 잠시쯤은 생각해줄지 모른다는 가능성. 그 가능성을 상상하면 평소보다 버텨내는 것이 편해지는지, 아니면 더 지겨워지는지. 재화는 다음번에는 용기의 이름 위에서 손가락을 거두지 않을 수 있을지 궁금했다.

짧게 잔 잠 때문인지, 다시 잠들기는 어려웠다. 선이의 식탁에 앉아 교정지를 마저 보기로 했다. 「닭 발은 창가에」는 재화가 가장 유쾌하게 쓴 단편 중 하나였고, 그 이야기를 만지작거리다보면 기분이 나아질 것 같았다.

어홍娥紅은 송도에서 이름난 기생이었다. 수려한 용모나 뛰어난 가무로 유명한 것은 아니었다. 다만 시에 능하여, 송도 사대부들 사이에서는 어홍과 시를 한 편 주고받은 후에야 제대로 문文을 논할 만한 사내라 여겨지는 풍습이 있을 정도였다. 어홍은 제지장이에게 특별히 부탁하여 연자색 종이를 주문했는데, 사대부들에게 시를 보낼 때는 꼭 그 종이에만 써 "연잣빛 종이를 받아야 진정한 송도 선비"라는 말을 유행시켰다. 그러므로 고요히 웃는다는 의미의 어娥가 아니라 말하다의 어語로 어홍을 표기하는 사례는, 잘못된 표기라기보다는 별명을 부르는 것에 가깝다고 보아야 옳다.

그날 아침, 어홍은 송도를 떠나기로 결심했다. 어홍은 취흥루에서 존중받는 기생이었고, 일거수일투족을 감시받지 않았다. 도망치려면 언제든 도망칠 수 있었다. 하지만 지금껏 일신을 돌보아준 취흥루의 '어머니'에게 제대로 인사를 올리기로 했다.

어머니는 그다지 놀라지 않았다.

"최규진을 따라가는 거냐?"

어홍은 고개를 끄덕였다.

"규진이 오라던?"

아직 규진은 그런 말을 하지 않았다. 먼저 꺼내기 어려운 것이리라 짐작되었기에, 이쪽에서 따라가겠노라 할 참이었다. 처음으로 발령을 받아 외진 관아로 향하는 규진에게 부담이 되지 않도록 모아놓은 재산도 있고, 무엇보다 규진에 대한 애정이 단단했다.

널리 알려진 이름에 비해, 어홍에게 연정을 고백하는 이는 적었다. 사대부들에게 어홍은 공공의 재산 같은 것이었다. 품고 싶은 여자라기보다는 상징에 가까웠다. 어홍 역시 그 사실을 잘 알고 있었다. 어홍은 노래하지 않는다. 악기에도 능하지 않아. 다른 기생들이 춤을 출 때 타악기를 조금 두드리는 수준이다. 예전에도 어홍 같은 기생이 없었던 게 아니었다. 대개 문재文才로만 유명하다가, 짝사랑하던 사대부 무덤가에 엎어져 얼어죽곤 했더랬다. 그런 선례를 따르긴 싫었다. 이미 삶은 너무 차고 고달팠다.

아둔한 사대부들과 시로 하는 화답이 지겨워졌을 때쯤, 규진이 나타났다. 아직 장가도 가지 않은, 수염도 제대로 나지 않은 어린 유생이었다. 목까지 빨개지며, "어홍은 달보다 어여쁘고, 달보다 더 다채로운 표정을 짓는구료" 하고 어줍잖은 수작을 하는 게 참을 수 없이 귀여웠다. 저것과 함께 생을 견뎌볼까 생각했다.

매일 정갈히 하는 모양이지만 낡아 해진 도포가 안쓰러워, 청량한 색으로 하나 장만해주기도 했었다. 옷을 얻어 입어도 뭣할 판에 열녀 났다고 자매들에게 빈축을 샀지만 말이다. 그래도 규진이 귀공자 같은 풍모로 돌아보자 절로 웃음이 났다.

"돈이 좋긴 좋습니다."

농을 던지자, 규진은 얼굴을 붉혔다.

"옷이 날개라고, 살짝 완곡히 말해주면 안 되겠소?"

도포와 어울리는 옥관자를 달자, 규진의 얼굴이 더욱 작고 수려해 보였다.

"관자가 너무 커 보입니다그려."

몇 년 새 헌헌장부가 된 규진은, 같은 연배들보다 일찍 급제했고, 요전날엔 꽤 어른 같은 얼굴로 술을 마셨다.

"외진 산골이야…… 어찌 가나, 어홍 없이 어찌 사나."

어홍은 아무래도 늘지 않는 가야금을 애써 뜯으며, 「달 밝은 창가에」라는 시를 지어 불렀다. 멀리서도 이어져 있는 마음에 대한 시였다. 같은 제목의 시가 여러 편 전해 내려오지만, 어홍의 시야말로 절창이었다.

분위기에 취해 슬픈 노래를 해버렸지만, 얼른 규진에게

연잣빛 종이를 보내 함께 가겠노라는 마음을, 규진을 위해서라면 영화로운 송도를 버리겠노라는 뜻을 전해야 했다.

　같은 시간, 최규진은 어홍을 떠나기로 결심했다. 가장 친한 친우인 허완수에게 이별을 고해야 하는 괴로운 심정을 토로하자, 완수는 기다렸다는 듯 이렇게 답했다.

　"그간 자네가 어홍을 하도 아끼니 내 말은 못했네만……　어홍이 이름난 기생이기는 해도, 사실 대단한 미모는 아니잖은가. 반반하지도 않은 것이 좀 오만하다는 생각, 늘 들었었네. 사대부들의 자존심을 그놈의 종이 쪼가리로 꺾고 말이야. 그래봐야 기생은 기생이네. 소문에는 당상관이었던 백부가 혀를 잘못 놀리는 바람에 삼족이 모두 화를 당하게 되었는데, 혼자 도망쳐서 기생이 되었다더군. 역적 집안인 게야. 자네 출세를 위해서도 이제는 정말 멀리하는 게 좋겠네."

　규진은 완수가 어홍에게 보랏빛 종이를 받지 못한 이들 중 하나라는 것을 알고 있었기 때문에, 그의 말을 걸러 들었지만 크게 틀린 말은 아니었다. 무엇보다 집안 어른들이 규진에게 장가 가기를 독촉했다. 규진은 대단한 집안 출신이 아니었고, 다음 발령지도 산골 중의 산골일 것임이 분명했다. 어홍은 그런 삶을 견딜 수 없을 것이다. 적당히 둔하고 바느질이나 잘하는 참한 규수를 얻는 게 맞는 일이리라 여겨졌다.

"달 밝은 창가에서, 언제나 어홍을 생각하리다. 달이 없는 날에도 어홍을 생각하리다. 어홍과 나 사이엔 언제나 이 땅에서 달까지의 거리가 누워 있겠지만 연정만은 이어져 있을 것이오."

찾아와 허황한 말을 지껄이는 규진을 보며, 어홍은 기가 막혔다. 혼인을 해달라는 것도 아니요, 모든 경비를 부담하며 따라가겠다는데 규진은 어홍을 거절한 것이었다.

감히, 송도 최고의 시재를 거절하다니. 사실 규진은 딱히 시문에 능하지 않았다. 어홍의 남자라니까 여기저기서 끼워준 것이었지 아니었으면 택도 없었다. 그런 애송이가, 감히 거절을 하다니.

그래서 어홍은 마지막으로 연인의 목에 매달려 이렇게 속삭였다.

"낭군, 다시 태어나십시오. 이생에서는 이 내 몸이 미천하여 다친 마음을 어쩔 수 없지만 그때에는 기생도, 기생보다 천한 계집도 단심丹心을 논할 수 있는 세상일 겁니다. 그리고 그때에도 내 노래가 살아남아 낭군을 쫓을 겁니다."

최규진은 어홍의 서슬 퍼런 말에 잔뜩 움츠린 채 송도를 떠났다. 그리고 이 년 후, 계속 움츠린 채 추운 산그늘을 밟으며 다니다가 낙마하여 죽었다.

그러고는 20세기 말에, 학력고사 마지막 세대로 다시 태어났다. 국어 주관식 문제를 하나 틀리는 바람에 인생이 완전히 꼬여버렸는데, 그 문제의 정답은 '달 밝은 창가에'였다. 귀신이 들렸는지 '닭 밝은 창가에'라고 적어 채점하는 이를 웃기고 말았다. 이 학생은 시험 도중에 대체 무슨 딴생각을 한 건가, 하고.

어홍은 다시 태어났지만, 엔터테인먼트 업계에는 종사하지 않았다. 시와도 전혀 상관없는 삶을 살았다. 질려버린 게 분명했다.

하지만 확실히, 단심을 얻었다.

재화는 교정지를 덮으며, 고전풍의 이야기를 쓰는 건 역시 즐겁다고 생각했다. 옛날 사람들처럼 편심片心, 촌심寸心, 단심 같은 단어들을 쓸 때마다 지잉, 하고 뭔가 명치께에서 진동하고 만다. 수천 년 동안 쓰여온, 어쩌면 이미 바래버린 말들일지도 모르는데, 마음을 '조각' 혹은 '마디'로 표현하고 나면 어쩐지 초콜릿 바를 꺾어주듯이 마음도 뚝 꺾어줄 수 있을 듯해서. 그렇게 일생일대의 마음을 건네면서도 무심한 듯 건넬 수 있을 듯해서.

언젠가 용기에게 사랑한다고 말했던 날이 있었다. 용기는 그 말을 초콜릿 바를 받듯 가벼이 받았었다. 재화의 마음, 꺾인 부분에서는 잔 가루들이 날렸는데.

너는 모르지.

단심, 흐리멍덩한 붉은색이 아니라 좌심실의 붉은색, 가장 치명적인 부분을 헤집어 보여주는 것 같은 진지함이 있었다. 그 순간에는 옛날 사람들처럼 고전적으로 진지했다. 그리고 그 바보 같은 럭비 선수는 전혀 그렇지 못했지. 뭐가 그렇게 심각하냐고 재화를 보고 웃었었다.

마음을 얘기하고 사랑을 얘기할 때는 역시 진지해야 해, 재화는 먼 곳의 용기에게 중얼거렸다. 어디서 누구를 사랑하고 있든 간에 신중히 사랑을 말하길. 휘발성 없는 말들을 잘 고르고 골라서, 서늘한 곳에서 숙성을 시킨 그다음에, 늑골과 연구개와 온갖 내밀한 부분들을 다 거쳐 말해야 한다고.

그게 아니면, 그냥 하지 말든가.

거대 고구마를 꿈꾸다

물탱크가 터졌다. 고급 단독주택에서 센서가 울려서 출동하고 보니, 물바다도 그런 물바다가 없었다. 지원을 요청하고, 온 대원들이 다 달려들어 가구를 바깥으로 들어냈다. 다행히 대충 들어낸 다음에 천장이 무너졌다. 그제야 외출에서 돌아온 집주인이 사태를 알았다. 난장판에 놀라기야 했지만 더 나쁠 수도 있었기 때문에 주인은 만족했고, 내년에도 재계약을 하기로 했다. 성과와는 별개로 격한 육체노동의 날이었다.

여자친구는 회가 먹고 싶다고 했다. 따뜻한 샤워를 한참했지만, 물 반 땀 반에 젖어 있었던 몸은 여전히 으슬으슬

떨렸다. 찬 음식은 먹고 싶지 않았지만 여자친구에게 맞추기로 했다. 입사 전에는 삼 년에 한 번꼴로나 감기에 걸렸는데 언젠가부터 계절마다 한 번씩 걸리게 되었다. 면역력이 바닥이었다. 결국 절대적 나이라는 건 별로 유효하지 않고, 사회생활 나이가 핵심인 게 아닐까 싶었다. 얌체볼처럼 에너지가 넘치는 여자친구는 언제쯤 지쳐 대충 보조가 맞을까 궁금해졌다.

"오빠, 오빠, 저 물고기 좀 봐. 완전 재간둥이네. 거꾸로 헤엄을 쳐. 배영 하는 물고기는 처음 봤어. 핸드폰 좀 꺼내 봐봐."

"저거 배영이 아니라, 죽기 직전이라 뒤집히는 거 같은데."

"엇, 아니네. 불쌍해라."

용기는 입안이 썼다. 식욕이 없었고 그저 온돌 바닥에 눕고 싶었다.

"아니, 나는 하도 사람들이 오초아, 오초아 그래서 우리나라 사람인 줄 알았지. 오씨 집안네 초아로 알아들은 거야. 근데 어느 날 뉴스를 제대로 보니까 멕시코 사람이더라고. 그래서 추신수도 멕시코나 페루 출신인 줄 알았어. 마추픽추 같은 데서 온 줄 알고 말야. 나중에 한참 웃었다니까."

"그러게 스포츠도 좀 알아야지. 다 먹었으면 집에 가자."

소주로도 쓴 입맛은 지워지지 않았고, 지워지지 않을 테면 여자친구에게 옮겨주고 싶었다. 심술 같은 건 아니고 예방주사 차원에서였다. 배영을 하는 물고기는 없고, 오초아나 추신수 정도는 되어야 제대로 살 수 있어. 나는 관절이 더 망가질 때까지 물에 젖은 가구를 옮길 테고, 너도 근육통에 너덜너덜해질 때까지 다른 사람을 마사지해주기 바쁠 거야.

여자친구가 몇 잔 마신 술에 취했는지, 다리를 삐끗했다. 용기는 괜히 짜증이 났다.

"대체 몇 센티미터짜리를 신는 거야? 그렇게 높은 거 신으면 사람들이 오히려 네 키에서 굽 높이 빼본다니까? 장대타기도 아니고."

여자친구는 눈 하나 깜짝하지 않았다.

"하루종일 못생긴 슬리퍼 신고 일하는데 예쁜 거 좀 신고 싶은 마음 모르겠어? 살짝 헛디딘 거야. 다치지도 않았는데 웬 짜증이야? 직장 때문에 힘들어서 그래? 내가 요즘 괜찮게 벌잖아. 그까짓 직장, 그만두고 옮기든가. 친구들한테 얘기하면 다 보안업체가 아니라 벌레 잡는 회사인 줄 알더라. 거기가 더 낫지 않겠어?"

"그냥…… 집에 가서 너랑 누워 있고 싶어. 어서 가자."

아침부터 창문이 닫혀 있던 집에서는, 오래된 공기 냄새가 났다. 여자친구는 창문을 열고 전등을 켜려고 했지만 용기가 막았다. 한 손에 여자친구의 두 손목이 다 들어왔다.

두 사람은 좁은 집의 여기저기를 옮겨다니며 길고 어딘지 연기 같은 섹스를 했다. 용기는 자신이 재능 없는 배우처럼 느껴졌다. 여자친구는 알아채지 못한 것도 같았고, 알면서 따라와주는 것도 같았다. 환기를 하자 다시 몸이 으슬으슬했다.

"우리 궁합 보러 갈래?"

"궁합은 또 왜."

"아니, 내 친구가 압구정에 점을 보러 갔는데, 사주가 아니라 신점을 보는 데였는데, 내 친구보고 위가 나쁘다고 그랬거든. 근데 그때는 안 아파서 잘 못 맞힌다고 했지. 그러다가 한두 달이나 지났나? 정말 속이 안 좋아져서 병원에 갔더니, 세상에, 위에 헬리코박터균이 있더래! 엄청나지 않아?"

"그러니까 점쟁이가 뱃속에 있는 헬리코박터균을 본다고?"

"그렇게 용하대. 우리도 궁합 보자."

"그거 되게 흔한 균이야."

여자친구가 옆구리를 꼬집었다.

"알았어. 가면 되지."

진득하고 기분 나쁜 땀을 흘리며 잤고, 팔베개를 해주느라 팔이 저려 자주 깼다. 그 와중에 희한한 꿈을 꾸었는데, 선수였을 때도 한번 서보지 못했던 대형 스타디움에서 경기를 하고 있었다. 관중석의 환호 때문에 심장이 더 빨리 뛰었다. 상대편의 태클은 집요했지만, 용기도 지독하게 달렸기 때문에 드디어 득점을 했다. 그러고 나서 공을 내려다봤는데 공이…… 공이 아니라, 거대한 고구마였다. 심지어 김이 올라왔다. 아니, 그럼 지금까지 튀고 날았던 건 뭐야? 용기는 기가 막혔고 갑자기 관중들이 야유를 하기 시작했다. 뱃고동 같은 야유에 호흡곤란이 왔다.

숨을 들이켜며 눈을 뜨니 새벽 네시였다. 여자친구의 머리를 조심스럽게 밀어내고, 몸이 델 만큼 뜨거운 물로 샤워를 했다. 이마에는 볼썽사납게 혈관이 부풀어 있었다.

물기를 닦다가 무릎 밑에서, 새로운 글자를 발견했다.

"낙마하여, 죽었다라…… 말은 타보지도 못했는데 이건 무슨 헛소리야?"

그러나 더는 궁금하지도 않았다. 조직 검사, 혈액 검사, 뇌 CT 촬영, 기억력 테스트 모두 정상이었다. 더 비싼 검사들은 그냥 안 한다고 해버렸다.

"이따위니 마음 못 붙이지."

빨래통에 수건을 던지며 중얼거리고 말았다. 붙이다, 란 얼마나 접착력이 강한 말인지, 용기는 문득 생각했다. 마음이 머물다, 마음을 빼앗기다, 마음을 두다…… 용기의 어휘력은 그렇게 풍부하지 않았지만, '붙이다'는 포스트잇보다 훨씬 접착력 있어야 함이 틀림없어 보였다.

그대로 자려다가 여자친구에게 들키지 않도록 긴 팔, 긴 바지를 입고 단추를 목 끝까지 채웠다.

물고기 왕자의 전설

회사에 있을 때, 재화는 가장 안전하다고 느꼈다.

사내 네트워크를 한번 뒤집는 바람에, 일이 상당히 많았다. 물품 코드를 다 다시 입력해야 했다. 재화는 그런 반복적인 작업이 좋았다. 열여섯 자리의 숫자를 끊임없이 쳐넣는 일은, 돌아가는 전자레인지나 세탁기를 넋 놓고 쳐다볼 때처럼 매력적인 구석이 있었다. 의식이 층층이 분리되고, 그 사이에 공기 방울이 생긴다. 표면적으로는 회사 일을 하고 있지만, 더 깊은 곳에서는 이야기가 증식하기 시작한다. 먹으면 위험한 버섯의 쫄깃한 조직처럼 은밀하게 자라난다. 아무도 재화의 비효율을 알아채지 못하는 게 신기할 뿐이었다. 업무량에 문제는 없었지만 말이다.

부서에는 여자가 더 많았다. 연봉이 높지 않은 것의 결과이겠지만, 특유의 분위기가 좋았다. 누구 하나라도 갑자기 데이트가 생기거나 하면 향수를 뿌려주고, 스카프를 빌려주고, 신데렐라의 생쥐들처럼 신나했다. 장편을 쓰고 싶은데 회사원이라고 속으로 푸념하곤 했지만, 사실 재화는 회사를 꽤 좋아했다.

퇴근 시간이 되면 미묘하게 초조해졌다. 누가 또 우편물을 뜯어보거나 한 것은 아니었다. 신경쓰이는 소음이 있는 것도 아니고, 물건이 흐트러져 있지도 않다. 그 소강상태가 오히려 재화를 더 곤두서게 했다.

얼마 전, 종로 한복판에서 비명을 지른 적도 있었다. 재화 바로 앞에 가는 노인을 누가 갑자기 달려와서 확 덮쳤던 것이다. 쇳소리 같은 비명이 터져나왔다. 그러나 더 놀랐던 것은 앞의 두 사람으로, 두 사람은 길에서 우연히 만난 친구 사이였던 것이다. 습격과는 전혀 거리가 먼, 할아버지들끼리의 반가운 포옹이었다…… 그쪽 입장에서는 우리가 포옹하는데 저 아가씬 왜 비명을? 했겠지만 재화도 할말은 많았다. 그 연배의 어른들이 하기엔 지나치게 격하고 짓궂은 행동이었다고 말이다.

당산역 에스컬레이터에서도 또 비슷한 경험을 했다. 재화는 올라가고 있었고, 맞은편 내려오는 에스컬레이터에는 한 여학생이 작고 하얀 강아지를 안고 있었다. 새끼 말티즈 같았다. 그런데 여학생이 동행인 엄마로 보이는 여자에게 강아지를 건네자, 여자가 한껏 입을 벌려 크게 한입 베어물었다…… 재화가 기겁해서 다시 봤더니, 말티즈가 아니라 왕만두였다. 어째서 왕만두를 새끼 개로 본 건지 알 수 없었다. 여학생 쪽이 왕만두를 딱 강아지 안는 폼으로 소중하게 안고 있어서 그랬던 것 같지만 엄청난 착시였다.

환승을 자주 하는 역 근처의 쇼핑몰에서 시간을 죽이다 들어가는 게 습관이 되었다. 환하고 사람 많은 곳에 있고 싶었다.

마음에 드는 누빔 핸드백 몇 개를 만지작거리다가, 따져보면 가방이 누빔인 게 대체 무슨 소용인가 싶어 실소했다. 가방 안의 소지품들이 "우리 주인님은 사려 깊은 분이야" 하며 칭송할 것도 아니고 말이다.

사무실에서 입을 만한 퍼 베스트도 구경했다. 유행하는 페이크 퍼를 몇 벌 입어보았는데, 잡지 사진과는 달리 시베리아에서 방금 잡은 순록을 입은 것같이 야성미가 흘렀다.

사냥꾼처럼 보이긴 싫었다. 더 돌아다니다가 더 확실히 인조로 보이는 알록달록한 녀석을 발견해 걸쳐보았더니, 이번엔 희귀한 새를 잡아 입은 무녀처럼 보였다. 후투티를 입었다고 오해받긴 싫어서 결국 그것도 내려놓았다.

쇼핑을 좋아하지도 않으면서 길거리를 떠도는 건 김빠지는 일이었다. 선이가 더 함께 있어준다고 할 때, 못 이기는 척 받아들일걸 그랬다고 재화는 후회했다. 크런치 모드에 돌입한 선이에게 미안해서 차마 그럴 수는 없었지만 말이다.

선이는 그래도 마음이 쓰이는지, 일하다가 다리를 펼 때 자주 전화를 해줬다.

"사람이 어떻게 이렇게 사냐? 확 그만두고 싶은 마음과 어떻게든 버텨서 상식적인 관리자가 되어야겠단 마음이 하루에도 몇 번씩 오락가락해. 너네도 요즘 뒤집고 있다며?"

"응, 정신없고 엉망이지. 그래도 다른 회사들은 외주로 돌렸는데 직접 고용인 게 어딘가 싶어서 꾹 참고 하고 있어."

"그래, 아, 팀장 저녁 먹고 들어왔네. 좀 길게 먹지…… 집에 가서 문자해."

"언니도."

"나는 오늘 라꾸라꾸지 싫어."

"간이침대 없는 회사로 좀 옮겨."

"내가 없앨 거야."

전화를 끊고 나니, 저도 모르게 희미하게 웃고 있었다. 선이가 있고, 다른 동료들도 있고 다 괜찮아질 거라고.

통화하다가 무심결에 걸어들어온 남성 코너에서 멋진 로퍼와 블레이저를 보았으나, 아무도 생각나지 않았다. 하기야 물건을 먼저 보고 거기다가 사람을 끼워맞추는 건 바보 같은 일일 것이었다. 선이가 매번 용기를 놀렸던 것은 떠올랐다. 용기를 두고 '옷 못 입는 남자랑은 사귀어도 옷 못 입으면서 고집 센 남자랑은 못 사귄다'의 전형이라고 타박하곤 했었다. 선이는 어쩌면 그렇게 동시대의 명언들을 많이 알고 있는지. 애써 골라 선물했지만 애용되지 않았던 물건들은 이제 어디 있을지, 잊으려 애쓰며 걷는 방향을 바꾸었다.

너무 늦지 않은 시간에 집에 들어와, 등뒤의 쭈뼛함을 모른 척하며 재빨리 문을 잠갔다. 피곤함을 이기려고 여섯 알쯤 되는 영양제를 먹었지만 그다지 소용이 있는 것 같지는 않았다. 무엇보다 잠이 얕아진 게 힘들었다. 여덟 시간을 자야 사고 기능이 문제없다는데, 네다섯 시간 이상은 자지 못했다. 일하다가 실수를 할까봐 걱정되었지만, 한번 눈을 뜨면 그걸로 끝이었다.

출근 시간을 기다리며 「물고기 왕자의 전설」을 고쳤다.
독촉 전화를 받지 않는 게 목표였다.

　소년의 아가미 문신은, 채 아물지 않아 온통 붉은빛이었
다. 염증이 나지 않도록 연고를 발라두었지만 가라앉으려면
꽤 걸릴 것 같았다. 귀 뒤에서 턱을 따라 새기는 아가미 문
신은 오아시스의 전통으로 열네 살, 성인식을 치르고 얻을
수 있는 표식이었다.
　"그거 아무리 봐도 바보 같아."
　소녀가 빙글빙글 웃으며 놀렸지만 소년은 무시하기로 했
다. 어릴 때부터 기다려왔던 의식이었고 아물기만 하면 근
사한 모양일 것 같아 만족스러웠다. 애초에 외지인 출신인
소녀는 의미를 제대로 이해할 수 없을 것이었다. 외지인들
은 물고기 왕자를 믿지 않으니까.
　"물고기 왕자의 시대가 오면, 이 사막이 물로 가득 넘쳐
날 거라고? 왕자의 백성들은 미리 아가미를 새겨야 한다고?
정말 그런 걸 믿니?"
　소녀는 소년이 대꾸하지 않는데도 계속 말해왔다. 소년
이 소녀를 견디는 건 그저 두 사람이 오아시스에서 유일하

게 또래이기 때문이었다. 소년이 보기에 외지인들이야말로 정말 이상했다. 그들은 도착하자마자 오아시스에 사는 작은 물고기를 잡아먹어 분쟁을 일으켰다. 오아시스 사람들은 물고기를 먹지 않는 금기를 엄격히 지켰고, 외지인들에게도 그것을 받아들이게 했다.

"별로 맛도 없는 비린 물고기 가지고 되게 그러더라? 가시가 훨씬 많았어. 그깟 것 못 먹게 하는 바람에 낙타를 몇 마리나 잡았는지 아니?"

"예언자가 말했어. 물고기 왕자는 꼭 온다고. 물고기 왕자를 보는 순간 흙과 모래의 죄는 모두 소멸될 거라고. 물고기를 잡아먹은 너희는 용서받지 못할 테지만."

"설마 저 물고기들 중 하나가 물고기 왕자가 된다던? 온다 치자. 와서는 이 사막에서 어떻게 숨을 쉰대? 다리는 있대? 아님 지느러미로 걸어다닐 거래? 하나도 이치에 안 맞잖아. 어른들 말 그렇게 곧이곧대로 믿는 거 아냐."

두 사람의 논쟁은 해가 질 때까지 이어질 게 뻔했다. 지평선 바라보기, 조금씩 옮겨다니는 모래 언덕 측정하기, 낙타들 성질 건드리기밖에 하고 놀 게 없는 오아시스의 아이들이니 어쩔 수 없었다.

"우리가 그렇게 바보 같다고 생각되면, 떠나버리지그래?

잠깐 있겠다더니 몇 년째야?"

소년은 문신이 따갑고, 자꾸 열이 나서 못 참고 화를 냈다.

"너희가 좋아서 있는 거 아냐. 길이 닫혀서 어쩔 수 없이 이렇게 된 거지. 길이 다시 열리기만 하면 우린 다시 길에서 살 거야."

유랑하던 소녀의 부족이 유랑을 멈춘 지는 꽤 되었다. 이 오아시스에서 저 오아시스로 옮겨다니며 장사를 하던 이들이었지만 텐트를 깊이 박아야 했다. 몇몇을 제외하고는 대부분의 오아시스에서 물이 말라갔다. 사막이 안으로부터 죽고 있었다. 사막 바깥의 사람들은 이해할 수 없을 테지만, 사막은 사막대로의 생명력이 있었는데 모든 게 너무 빨리 고갈되고 있었다. 소녀의 안쪽, 떠나고 싶은 기질이 근질근질했지만 이제 사막은 여행할 수 있는 곳이 아니었다.

소년의 아버지는 마을에서 가장 뛰어난 도자기 장인이었다. 사흘을 가면 다다르는 산에서, 무려 오십 척 지하로부터 점토를 캤다. 오아시스의 귀한 물로 적신 수건으로 마르지 않게 다시 운반해오는 일에도 대단한 정성이 들었다.

"요즘은 점토가 별로야, 세상이 정말 어찌되려는지."

어떤 일에 통달하게 되면, 아주 작은 징후로도 큰 세계를 알 수 있는 모양이었다. 아버지는 점토를 주무르며 걱정을

116

했다. 오아시스의 물로 도자기를 빚으면 붉은 도자기가 되었고, 이 주 정도 가면 다다른다는 바다의 물로 빚으면 흰 도자기가 된다고 했다.

마을은 붉은 도자기로 유명했지만, 소년은 가본 적 없는 바다가 섞였다는 흰 도자기에 언제나 조금 매료되어 있었다.

하지에 축제가 열렸다.

오아시스 마을 사람들도, 마을 바깥을 둘러싼 유랑 천막 사람들도 모두 신나게 먹고 마셨다. 돌아다니며 양 볼 가득 음식을 먹는 소녀를 보며 소년은 고개를 저었다. 소녀의 손도 옷도 양념과 재로 엉망이었다.

두 사람보다 몇 살 많은 젊은이들이 도자기를 쌓아올리는 춤을 췄다. 머리 위로 하나, 둘, 셋, 심지어 대여섯 개씩 쌓아올리는 사람도 있었다. 쌓아올릴 수 있는 도자기 수만큼 아이를 낳을 수 있다는 말이 있는데 어쩌려고 저러나 걱정될 정도였다. 그렇지만 이제 사막엔 아이들도 잘 태어나지 않았다. 아이들이 예전처럼 태어났다면 입가가 엉망인 저 여자애랑 놀지 않아도 되었을 텐데…… 소년은 속으로 투덜거렸다.

"자, 이제 모두 푸른 붓을 들고 대문의 물고기를 새로 그

립시다."

"올해도 잘 부탁합니다."

집집마다 물고기를 새로 그렸다. 모래바람에 날아갔던 푸른 비늘들이 되살아났다.

"우리도 천막에 그려야 하는 거 아냐?"

유랑자들도 농담을 했다.

"다 그렸으면 이제 다시 마셔요. 나는 저 오아시스에서 술이 솟았으면 좋겠네."

아가미를 얻었으니 이제 어른인 소년도, 술을 받았다.

"목에 염증 생기면 어쩌려고? 괜찮겠어?"

"괜찮아요. 마실 수 있어요."

건너편에서 소녀가 가소롭다는 듯 입꼬리를 한쪽만 올렸다. 배가 부르니 시비가 걸고 싶은 모양이었다.

평소에는 아껴 쓰라고 야단이던 버터 램프를, 오늘은 아무도 아끼지 않았다. 하늘의 별자리를 옮겨놓은 듯, 점점이 램프가 타오르는 풍경이 장관이었다. 마음속에 불안을 가둔 이들의 축제가 더 황홀한 것은 어째서일까.

낯선 옷을 입은 군인들 서넛이 나타난 것은 축제의 마지막 날이었다. 길을 잃은 상태였고, 말은 잘 통하지 않았다. 소녀의 어머니가 어릴 적에 군인들의 갑옷에 새겨진 문장을 본 적 있다고 했는데, 석 달은 가야 하는 동쪽 나라 사람들이라고 했다. 사막에서 금속 갑옷이라니, 죽지 않은 게 기적이었다. 어쨌거나 친절한 마을 사람들이 그들을 잘 먹이고, 물통에 물도 넣어주고, 다음 오아시스까지의 지도도 그려줘서 보냈다.

"다음에 올 땐 그 동네 특산품 좀 가지고 오지그래?"

농을 던졌으나 잘 못 알아듣는 것 같았다. 군인들은 돌아갔고, 사람들은 쉽게 그들을 잊었다. 별로 기억할 만한 게 없었으니까.

반년 후, 반짝이는 갑옷들이 오아시스를 둘러쌌다. 군인들의 왕이 오아시스를 원한다고 했다. 사막에 폭포가 있다니 정말 멋지다고, 궁전을 지을 거라고, 공사에 협조하거나 떠나라고 했다.

소녀의 부족은 짐을 쌌고, 소년의 부족은 전쟁을 준비했다.

"전쟁은 무슨, 상대가 될 거라 생각해? 사막도 사막 바깥도 다 왕의 것이랬어. 그런 큰 나라에 너희 마을 사람들이 달랑 덤벼서 어쩌게? 물고기 왕자 오기 전에 다 죽겠네."

"사막에 살려면 신념이 필요해. 우린 오아시스를 저딴 놈들에게 빼앗기지 않아. 떠돌이들은 가버려."

소년은 당당한 아가미로 뒤돌아섰다. 이제 소녀를 볼 일은 없을 것이다. 속이 시원하면서도 어딘가 석연치 않았다.

소녀는 가만, 소년이 마을 쪽으로 향하는 걸 보다가 천천히 몽둥이를 들었다. 그리고 요령 좋게 소년의 목덜미를 내리쳤다. 소년은 비명도 못 지르고 쓰러졌다. 그리 무겁지 않았고 발목을 잡고 끌어다 낙타 등에 묶었다.

"미안해, 너희 어머니가 부탁했어."

처음으로 소년에게 사과란 걸 해봤다.

사흘쯤은 낙타 등에서 비명이란 비명은 다 지르고, 욕설이란 욕설은 다 내뱉었다. 오아시스가 불타고 있다는 걸 알았다. 보지 않아도 알 수 있었다. 멀어지고 멀어져도 선명하게 알 수 있었다. 이미 아문 아가미 문신이 덜 아문 것처럼, 매운 연기를 마신 것처럼 아팠다. 붉은 도자기들이 모두 깨지는 소리가 들렸다. 몇 개 없는 흰 도자기들도 온전치 못하리라.

소년이 조용해지자, 사람들이 밧줄을 풀어주려고 했다. 그러나 소녀가 단호하게 만류했다.

"가만두지 않을 거야."

소년이 낙타 등에 묶인 채 소녀를 노려보았다.

"그러시든지."

소녀는 소년을 비웃으며, 물통을 물려주었다. 소년은 그것이 마지막으로 마실 수 있는 오아시스의 물이란 걸 깨닫고 잠자코 받아마셨다. 사막의 가장자리를 지나고 있었다.

소녀가 소년을 풀어준 것은, 바다가 멀리 보일 때였다. 이 주를 왔구나. 저것이, 한 번도 본 적 없었던 바다구나. 아버지를 따라 물을 뜨러 오고 싶었는데. 소년은 언제나 바다를 물로 된 사막 같은 거라고 여기고 있었는데, 실제로 보니 전혀 달랐다. 사막보다 너무 빨리 움직였다. 너울거림을 눈으로 쫓기가 힘들었다. 소년은 낙타 등에 거꾸로 매달려서도 하지 않던 멀미를 하기 시작했다. 하지만 턱을 잠그고 아무것도 토하진 않았다. 마지막 오아시스를 토할 수는 없었다.

바다가 내려다보이는 고지대에 천막을 세웠다. 소녀는 빨리 적응했고, 제법 유랑민처럼 보였다. 소년은 계속 겉돌았다. 이제 소년이 외지인이었다. 아무도 아가미를 가지고 있지 않고, 식사엔 매끼 물고기가 나왔다. 소녀의 부모가 전병이나 열매 따위를 따로 챙겨주었지만 식욕이 전혀 나지 않았다. 코끝이 소금 바람에 헐었다.

소녀는 한동안 소년 근처를 맴돌았다. 나름 마음을 쓴 것이었는데, 소년이 별다른 반응을 보이지 않자 이내 포기하고 그물 짜기에 집중했다. 소녀는 그물 짜는 데 꽤 재능이 있어 보였다.

"바닷물고기가 훨씬 맛있어. 너도 고집을 버리고 먹게 될걸?"

소년은 소녀의 권유를 거절했다.

언젠가는 멋진 도자기 장인이 되려고 했었다. 붉은 도자기, 흰 도자기 가리지 않고 근사하게 만들어서 오아시스마다 소년이 만든 그릇들이 가득하길 바랐다. 마을의 자랑이고 싶었다. 도자기 바닥에는 작은 물고기를 새기려고 했었다.

모두가 잠들었을 때, 소년은 해안을 향해 내려갔다. 경사가 가팔랐다. 발밑에서 자갈이 굴렀다. 자갈이라니. 이렇게 모나고 뾰족하고 발바닥을 괴롭히다니. 고향의 부드러운 모래가 생각났다. 낮에는 뜨겁고 밤에는 차가웠지만 한결같이 부드러웠던 모래. 그 모래에 묻혀 천천히 사막을 떠돌고 있을 옛사람들은 얼마나 행운아였나.

소년은 바닷물에 손을 담갔다가 그 손을 핥아보았다. 이런 소금물 따위, 뭐가 그리 궁금했었는지 허탈했다. 천천히 물속으로 걸어들어갔다. 마음속에서 언젠가 만들 수 있었을지도 모를, 존재하지 않는 도자기들이 한꺼번에 깨지는 소리가 났다. 소금물에 아가미 문신이 따갑게 일어설 것만 같았다. 그래도 계속 걸어들어갔다.

"야, 이 멍청아! 어딜 가는 거야?"

언제 뒤쫓아왔는지 해변에서 소녀가 외쳤다. 첨벙첨벙 따라 들어오는 소리가 들렸다. 소년이 더 빨리, 더 깊이 들어갔다.

"그따위 문신 있다고 물속에서 숨쉴 수 있는 거 아니잖아! 어서 돌아오지 못해?"

소년이 잠시 돌아보았다.

"미안해."

그것은 소년이 소녀에게 처음으로 한 사과였다. 소녀는 파도에 자꾸 뒤로 밀렸다.

소년의 아가미 문신이 완전히 잠겼다.

소년이 완전히 잠겼다.

소녀가 울면서 가파른 길을 되짚어가고 있을 때였다. 소년이 잠긴 자리에서, 사막보다 거대한 파도가 솟아올랐다. 아직 모두 잠들어 있었기 때문에 소녀만 보았다. 본 적 없는 거대한 파도가 사막으로 가는 것을.

사막은 물바다가 되었고, 사라진 소년은 이제 물고기 왕
자라고 불린다.

총알을 다섯 개 넣고 하는 러시안 룰렛처럼

"이 자식아, 봐주지 말고 공 똑바로 쳐!"

선이가 라켓을 휘두르며 외쳤다. 용기는 봐주고 있는 게 전혀 아니었기에 어이가 없었다. 스쿼시장도 다 사라져가는 마당에 굳이 스쿼시를 치겠다고 우기는 선이 때문에 억지로 따라온 것이었고 용기에게 라켓 운동은 낯설기만 했다.

"누나, 좀 살살 치자. 동네에서 배드민턴 치듯이 치면 안 돼? 나 무릎도 나갔는데 엘보까지 오면 어떡하라고."

"무슨 소리야, 드라마에 나오는 거 못 봤어? 스쿼시는 원래 세게 치는 거야."

"잘 생각해봐. 드라마에서 주인공이 스쿼시를 칠 때는 못

된 삼촌에게 회사를 뺏겨서 속이 상한 나머지, 분노를 발산하기 위해서든가…… 아니면 연적끼리 은근한 신경전을 벌이기 위해서야. 꼭 한 놈이 바닥에 뻗어서 이를 으드득 갈고 다른 한 놈이 머리맡에 서서 경멸하며 끝나지. 누나랑 나는 두 경우 다 아니잖아."

"……하긴 치다가 갑자기 울면서 벽을 때리지. 합당한 포인트가 있군."

말만 납득한 듯이 하고 선이가 계속 세게 쳤기 때문에 용기는 너덜너덜해지고 말았다. 선이의 어깨 근육은 용기보다 훨씬 단단해 보였다.

"결혼하려고 어깨 만드는 거야? 그 정도면 됐는데?"

"무슨 헛소리야? 나에겐 더 큰 계획이 있어. 기초 대사량 높인 다음, 나이들어서도 먹고 싶은 거 다 먹으려고 지금 만들어두는 거라고."

선이가 얼른 이두와 삼두와 삼각근을 자랑했다.

"대단한 계획이네."

"너도 건강 잘 챙겨. 운동선수 출신이라고 너무 자만하지 말고. 여자친구도 어리잖아. 오래 살아야지."

그 순간 용기는 자기도 모르게 얼굴을 방어하지 못했다. 선이가 그걸 놓칠 리 없었다.

"왜? 요즘 사이가 안 좋아?"

"아니, 그냥…… 누나는 남자친구 가끔 못 견디겠다, 싶을 때 없어?"

"요리를 못해. 요즘 세상에 그렇게 요리를 못하다니."

"안 해서 그렇겠지."

"아냐, 열심히 하는데 못해. 그래서 심각한 거야. 총알을 다섯 개 넣고 하는 러시안 룰렛 같다고. 여섯 번 하면 한 번쯤 먹을 만한 게 나오더라. 으아, 나도 생존 요리밖에 못하는데 우린 망했어."

"회사에서 식판 밥 먹어. 그게 제일 좋지."

"그치? 어차피 우리 둘 다 회사에서 사는 거. 너는 어린 애인한테 너그러워야지, 뭐가 그렇게 못 견디겠는데?"

"모든 게 다 잘될 거라고 생각하는 거. 아니, 사실은 내가 마음에 안 드는 걸 수도 있겠다. 걔가 다 잘될 거라고 생각할 때 바로 곁에 서서 삐딱한 마음인 게."

"뭐야, 너 원래 그런 성격이었던 거야, 다친 게 큰 충격이었던 거야?"

"일하면서…… 너무 이상한 걸 많이 봤어. 야간근무를 하면 말야, 세상의 망가진 부분들이 보여. 지나치게 뚜렷하게 보여."

선이가 수긍하는 표정을 지었고, 위로하듯 용기의 땀으로
젖었다 식어버린 등을 두드려주었다.

두 사람은 씻고 나서, 콩나물국밥을 먹으러 갔다.

"간판에 할머니 사진이 있는 집이 맛있어. 어떤 메뉴든
꼭 그렇더라고."

용기는 선이가 음식점을 고르도록 놔두었다. 정말 할머
니 사진이 붙어 있어서 그런지 맛이 괜찮았다. 콩나물밖에
들어 있지 않은 것 같은데 깊은 맛이 났고, 콩나물은 비리지
않고 부드러웠다.

"재화한테 스토커가 붙은 모양이더라."

무심하게, 선이가 말했다.

"심한 놈이 붙었어?"

"이제 떨어진 것 같기도 하고…… 판단이 안 돼."

"경찰에 신고하라고 해. 경찰도 누굴 만나느냐에 따라 후
속 조치가 달라지긴 하지만 그래도 신고는 해봐야지."

"응, 아직은 누가 우편물을 뜯어봤다 정도밖에 증거가 없
어서. 내가 들여다보다 더 일이 생기면 그래야지. 그냥 너도
알고 있으라고."

"내가 그걸 알아서 뭐해? 걱정은 되지만 뭘 해줄 수 있는

사이도 아니고."

"그냥."

"누나도 참."

"그래, 너는 그냥 잊어버리고 지금 여자친구한테나 못되게 굴지 마. 너 자기 일로 머리가 가득차면 주위 사람한테 잘 못하는 편이니까 걱정이다."

"누나가 날 제일 잘 아는 거 같아."

"알고 싶지 않았는데 말야. 세상 쓸데없는 정보지. 근데 너 승진할 때 되지 않았어?"

"되긴 됐는데 귀찮아서……"

"짜식이 포부가 없어, 포부가. 포부를 좀 가져봐!"

"포부는 무슨."

"거봐. 포부는 에프로 시작하는 포부야, 넌 피로 발음하잖아. 김빠지게."

"영어도 못하면서 무슨 에프, 피 타령이야. 얼른 먹고 집에나 가."

가게를 나서는데, 김 서린 곳에서 나와 마시는 첫 공기가 청량했다. 하늘을 보니 처음 보는 하늘 같았다. 마치 용기가 볼 수 없는 곳에서 무언가 변한 것만 같았다. 변하지 않으면 곤란했다. 용기는 먼 곳에서 시작된 변화가 연쇄반응을 일으키며 밀려오길 바라며 거기 잠깐 멈춰 서 있었다.

집에 돌아와서 면도를 하다가 목과 턱의 경계에서 새로
글자들을 발견했다. '소년의 아가미 문신이 완전히 잠겼다'
고 했다. 용기는 태연하게 글자를 무시했다. 변할 것이다.
설마 이대로 계속될 리가 없다. 좋은 쪽으로든 나쁜 쪽으로
든 다음 단계가 있겠지. 그전까지 조바심 내고 싶지 않았고
예감에 모든 걸 맡기고 싶었다.

용기가 미처 예감하지 못했던 것은 그날 여자친구가 번호
키로 현관문을 열고 들어와, 맨몸을 드러낸 채 잠든 용기를
한참 바라보다 간 일이다. 깜짝 놀래켜주려고 방문한 것이
었는데 용기는 너무 깊이 잠들어 있었고, 문득 남자친구의
벗은 몸을 아주 간만에 본다는 사실을 깨달았던 것이다. 그
래서 작지만 매우 효율적인 손가락들로 용기의 몸 이곳저곳
을 살폈고, 당연히 늘어난 문장들을 발견했다. 곧바로 소리
를 질러 용기를 깨우고 싶었지만, 대신 침착하게 핸드폰 메
모 기능을 열어 옮겨 적었다. 꽤 시간이 걸렸으나 용기는 깰
기색이 없었다. 태연하게 자는 얼굴이 밉상이었다.

"나쁜 새끼."

나지막하게 뱉고, 여자친구는 일어섰다.

재화

항해사, 선장이 되다

교정지를 앞부분만 부쳤더니, 승주에게 전화가 왔다.

"뭐냐? 나머지는 어쩌고?"

막 사과와 변명의 말을 지어내려는 차에, 승주가 재빨리 덧붙였다.

"아냐, 됐다. 그냥 천천히 봐. 다른 작가들은 빨리 내달라고 난린데 네가 양보하면 됐지, 뭐. 근데 앞부분 다시 읽어보니, 너 왜 그렇게 차가운 심장으로 절망에 대해 쓰는 거니?"

재화는 회사 복도라는 걸 잊고 그만 깔깔거려버렸다.

"무슨 말씀이세요? 저는 따뜻한 심장으로 사랑에 대해 쓰고 있다고 믿었는데."

"따뜻한 심장은 개뿔."

"절망이구나. 나 절망에 대해 쓰고 있었구나."

"좋은 거야. 남자들은 죽었다 깨도 여자만큼 절망에 대해 쓸 수 없어. 아예 특장으로 살려봐."

"안 팔리면 진짜 미안해서 어떡하냐."

"또 그 소리. 첫 책부터 잘되는 신인이 몇이나 된다고."

"다음 기회가 없을까봐 겁나요."

"그래서 속도가 안 나? 그래도 좀 내봐."

"그래야죠. 일하는 사람들 피곤하게 하면 안 되지."

끊자마자 전화가 걸려왔으므로, 재화는 무심결에 받았다. 승주가 다시 건 줄 알고.

수화기 너머로 지직거리는 소리가 심했다. 여보세요, 했지만 돌아오는 말이 없어 그제야 발신자 번호를 체크했으나 아무것도 뜨지 않았다.

"……곧."

그뿐이었다. 누군가 곧, 이라고만 말하고 전화를 끊었다. 뭐라 반응할 새도 없었다.

곧 뭐?

곧 찾아갈 거다?

곧 죽일 거다?

곧 폭파시킬 거다?

대체 곧, 뭐 어쩐다는 거야? 재화는 전화기를 떨어뜨릴 뻔했다. 곧이 아니었는지도 몰랐다. 곳이라든가 돛이라든가 고추라든가 전혀 다른 말이었는지도, 아예 그저 지지직거리는 소리였는지도 몰랐다. 날카로워져 있었기 때문에 의미 없는 소리에 의미를 부여한 것이 틀림없었다.

다행히 오랜만에 본가에 가기로 한 날이었다.

재화의 옛 방은 사촌동생인 형준이 쓰고 있었다. 형준이 다니는 대학이 근처에 있다는 게 이유지만, 그보다는 사이가 안 좋은 고모 부부와 따로 지내게 해주려는 재화 엄마의 계산 때문이었다. 재화도 몇 번 고모와 고모부가 싸우는 현장을 목격한 적 있었는데, 체구도 크지 않은 고모가 베란다의 강화유리를 깨는 것을 보곤 겁에 질렸었다. 거기에 눈 하나 깜짝하지 않고 끊임없이 망나니짓을 하고 다니는 고모부도 고모부였다. 형준과는 원래 나이 차이도 났었고, 그런 환경에서 자란 나머지 형준이 아주 말이 없는 성격으로 컸기 때문에 사실 살가운 사촌 사이는 아니었다. 재화는 언제나 엄마가 형준에게 격의 없이 구는 게 신기할 정도였다.

"조신하게 다녀라, 조심해야 해!"

오늘도 재화의 엄마는 외출하는 조카의 등뒤에 외치는 것이었다. 이모 아들도 아니고 고모 아들인데, 대단한 넉살이었다. 엄마의 그런 모습을 볼 때마다 재화는 물려받지 못한 기질을 아쉬워했다.

"형준이는 여기서 잘 지내?"

"응, 애가 일찍일찍 잘 들어오고 착해."

"내가 갑자기 와서 어색해하려나?"

"아니, 네 방에서 네 책들 보면서 지내는데 뭘 어색하겠어."

잠깐 눈을 마주쳤을 때, 다 자란 사촌동생은 금방 눈을 피했다. 형준 곁에서는 다들 불편하게 친절한 태도를 했고, 재화도 비슷했다. 뻔히 끔찍한 상황에 있는 걸 알고 있었는데, 아무도 아무것도 해주지 못했던 시기가 있었던 것이다. 어쩌면 형준의 안쪽도, 재화만큼이나 헝클어져 있을지도 모르겠다고 생각했다. 의외로 닮은 점이 많을지도, 하고 말이다. 재화야 글을 쓴다 치고, 형준은 어디에서 헝클어진 곳을 푸는지 알 길이 없었다.

"이사를 할까봐."

재화가 문득, 말했다.

"왜? 집이 추워?"

엄마의 걱정스러운 물음에 스토커가 있는 것 같아서, 라고 대답하진 못했다.

"응, 벽이 너무 얇아서 추워. 외풍이 벌써 장난이 아니야."

"연립주택이 그렇지, 튼튼하게 지은 아파트에 집을 구해야 하는데."

"내 벌이로는 어림도 없어."

"미안하다, 집 한 채 못해주고."

"에이, 엄마, 그런 말이 아니잖아. 집은 됐으니까 안 쓰는 전기담요 있으면 하나만 주라."

그러자 갑자기, 엄마가 눈을 번뜩였다.

"이불 속에 남편이 있으면 하나도 안 추운데!"

"……그렇게 물건 하나 장만하라는 식으로 말해도 소용없어."

"에잇, 전기담요 두 개 줄게."

"하나는 깔고 하나는 덮으라고? 와플 기계도 아니고 됐어. 하나만 있으면 돼."

"만나는 사람은 계속 없니?"

재화는 본가에 온 게 실수였다는 것을 뒤늦게 깨달았다. 스트레스를 더 받으려고 온 것은 아니었는데.

"소개팅 상대를 피칠갑해버리는 소설이 인터넷 포털에 걸려 있으니 소개팅이 더 안 들어오지!"

"아니, 그건 그냥 소설이잖아……"

상황이 나아질 줄 알았는데, 등산을 갔다가 돌아온 아빠가 합류하면서 재화는 빠져나갈 수 없는 덫에 걸려버렸다. 주의를 돌려줄 형준은 돌아오지 않고, 부모님은 재화를 놓아줄 생각이 없는 것 같았다.

"쉽게 쉽게 좀 살아, 너는 왜 어려운 길만 고르니? 평범하고 쉽게 사는 사람들, 행복해 보이지 않니?"

"누가 행복한지 행복하지 않은지 다른 사람이 어떻게 알아?"

"그 봐. 벌써 어려워졌잖아. 내 딸이지만 정말…… 오늘 등산 같이 한 친구들이, 손녀 사진이라고 휴대폰 배경화면도 보여주고 동영상도 보여줬는데 난 내놓을 게 있어야지. 너 때문에 내가 이렇게 허랑한 노년을 보내잖아."

"아빠의 노년은 아빠가 채워야지, 남 탓 하지 마."

"결혼…… 결혼은 안 해도 돼. 하지만 아이는 하나 낳아 봐. 재밌어."

엄마가 끼어들자, 아빠의 눈이 커졌다.

"이 사람이 또 엉뚱한 소리를 해? 안 그래도 엉뚱한 애한테?"

"당신 만난 건 후회되지만, 재화 낳은 건 후회 안 해. 요즘 세상, 사람 수명 쓸데없이 길어졌고 재수 없으면 정말 한 놈이랑 백년 살아야 한다고. 남편 같은 거 아무리 생각해도 필요 없지."

"뭐라고? 당신 닮아서 재화가 저 모양이구먼!"

분쟁이 그쪽으로 흘러라, 흘러라, 흘러라 재화는 속으로 바랐다.

"아기를 하나 만들어 오면, 내가 같이 키워주고 양육비도 보태줄게."

"아기 만드는 데 아직은 두 사람이 필요하잖아. 포기해, 엄마."

"대충 허우대 좋고 성격 너무 나쁘지 않은 놈으로 골라서 응? 응? 좀 어떻게 해봐. 똑똑할 필요도 없어. 똑똑한 애 키우는 건 피곤하더라. 사사건건 의문을 가지고 말야. 넌 네 살 때부터 그랬어. 엄마 말을 계속 의심하고 말야…… 그 덩치 크고 이름 웃기는 걔는 이제 연락 아예 안 해?"

"안 해. 아무도 안 만날 거고 이 끝나가는 세상에서 읽고 쓰기만 하다가 조용히 죽을 거야."

"너는 그렇게 삐딱해서 무슨 글을 쓴다고!"

아빠가 폭발했다.

"삐딱하니까 쓰는 거야! 내가 쓰는 거 다 아포칼립스 소설이라고, 읽어는 본 거야?"

재화도 폭발했다. 아빠는 중국 고사에서 경제학 원리까지 끌어다 휘몰아치며 잔소리를 했고, 중간중간 반격하면서도 피하지 못하고 다 듣고 나니 마음이 하얗게 타버렸다. 다음 명절까지 절대로 오지 않겠다고 결심하며 마당으로 나갔다.

캠핑 의자에 담요를 감고 앉아, 손질을 포기한 것처럼 보이는 정원을 못마땅하게 감상했다. 부모님 입장도 이해는 갔다. 미운 오리 새끼 같은 딸을 열심히 키우면 백조가 될 줄 알았는데, 시조새나 가루다처럼 알 수 없는 괴생물로 자라버렸으니. 그러나 부모의 승인을 받는 트랙에서는 벗어난 지 오래였고 돌아가고 싶지도 않았다.

이미 취한 것 같은 형준이, 맥주 봉지를 들고 귀가하다가 계단 아래서 재화를 올려다보았다.

"어, 누나, 쌀쌀한데 나와 있네."

그 말이 어린 시절처럼 살갑게 들려서 재화는 조금 놀랐다. 형준은 옆자리에 앉으며 캔 하나를 건넸다. 골목 입구 슈퍼에서 바로 사온 듯 차가웠다.

"모자라서 더 사온 거야?"

"응, 애매하게 마셔버렸네."

"안주는?"

"돈이 없어서."

재화가 집안에 들어가 크래커를 약간 찾아 왔다.

"나, 누나가 발표한 글 몇 개 봤다?"

"일부러?"

"학교 도서관에 잡지가 많아서."

재밌더라, 하고 형준이 덧붙였다. 취하면 친밀해지는 타입인 모양이었다.

"겨울방학 때는 뭐할 거야?"

"아르바이트…… 작년처럼 스키장 알바나 뛸까 하고 있어."

"아아, 스키장, 안 간 지 진짜 오래됐다. 나 스키장 판타지가 있는데."

"스키장 판타지?"

재화는 얼굴에 열이 오르는 걸 느꼈다. 마음이 편해졌고, 늘 어려웠던 사촌동생한테 주책을 조금 떨고 싶었다.

"여러 사람들이랑 스키장에 간 다음, 친구들이 신나게 놀 때 남자친구와 살짝 빠져나와 리조트 안을 산책하는 거야.

털모자에 패딩이 정석이지. 하지만 장갑은 끼지 않아. 언 손을 잡고 서로 녹여주는 로망이 있으니까. 하얗게 빛나는 슬로프에 야간 스키를 타는 사람들과 지나치게 크게 틀어놓은 음악이…… 밤까지 열심이네, 얘기하며 둘이서 한가로이 걷는 거야. 별건 아니지만 어쩐지 늘 해보고 싶더라. 소박하다면 소박하고 구체적이라면 좀 과하게 구체적이지."

"내가 일하는 데 오면 살짝 모른 척해줄게."

"고마워."

둘은 잠시 더 추위를 이기며 맥주를 마셨다. 머리카락에 가려 잘 보이지 않았는데 형준의 귀에서 피어싱이 반짝, 빛났다. 재화는 무심결에 손을 뻗어 피어싱을 몇 바퀴 돌려 조이는 시늉을 했다.

"나사 풀리지 않게 버텨. 나한테는 그게 어렵더라."

"응. 서울 가면 누나한테 한번 들를게."

"언제든지."

그러나 재화는 형준이 쉽게 찾아오지 않으리란 걸 알았다. 친밀한 밤은 곧 지날 것이고, 아침만 되어도 어색해질 게 분명했다.

텅 비다시피 한 손님방에 재화가 예전에 쓰던 매트리스가 있었다. 낡은 매트리스에 엎드려, 맥주 기운에 교정을 빨리 볼 수 있지 않을까 하는 기대와 함께 종이 뭉치를 꺼냈다.

　선장은 난감한 표정으로 항해사를 바라보았다.

　"이렇게 전혀 다른 좌표로 워프해버리면 어떡하나?"

　항해사는 질책을 받으며 아무 대답도 하지 못했다. 올해
만 두번째였다. 크루즈가 위험한 곳에 떨어졌으면 속절없이
사고였을 텐데, 다행히 그렇게 되진 않았다. 우주가 광막한
것이 이럴 때는 유리했다.

　"같은 일이 반복되면 워프 엔진이 나쁘거나 항해사가 나
쁘거나 둘 중의 하나를 생각할 수밖에 없는데, 엔진을 간 지
3년도 채 되지 않은 건 자네도 알겠지?"

　승객들의 생명과 크루즈 회사의 신용을 위협했으니 더 따
끔하게 말해야 하는데, 선장은 거기서 멈추었다. 항해사는
친한 친구의 자식이었다. 어릴 때부터 자라는 걸 보아온 사
이라 마음이 약해지고 말았다. 수재 소리를 들으며 범우주
제1대학에 들어갔다는 소식을 들었고, 조기 졸업 후 대학원
에 바로 진학한다고 했을 때도 그런가보다 했는데, 냉한 성
격에 어울리지 않게 지도 교수의 멱살을 잡는 바람에 퇴출
당했단 이야기는 충격이었다. 우주가 넓어도 학계는 좁아서

이후 다른 학교에 갈 수 없었고, 집에서 우울해하고 있다기에 취직을 시켜준 것이었는데 결과가 좋지 않은 셈이었다. 물리학을 전공했으니 가벼운 좌표 계산쯤이야, 하고 데려왔는데…… 선장은 돌아서며 후회스러운 표정을 숨겼다.

항해사는 사흘을 워프 없이 자동항해에 맡겨두고, 방에 처박혔다. 소규모 관광선에서 일하는 것조차 버거우니 사회 부적응자라는 말을 들어도 할말이 없었다. 어디서 잘못 계산했는지 몇 번이고 재검토했지만 오류는 눈에 띄지 않았고 스스로가 한심스러웠다. 평범한 구간이었다. 자격증 시험을 쉽게 통과했을 때는 눈감고도 하겠다고 생각했었는데, 그때의 자신이 오만했던 것과 지금의 자신이 어딘지 고장나버린 것 모두가 절망스러웠다. 항해중에 위험 물질에 노출된 걸까? 자각하지 못했지만 열이 났었나? 그러나 그렇다고 하기엔 AI가 계산해낸 결과도 다르지 않았다.

항해사는 평소 자주 이용하지는 않았지만 일단 가입은 해둔 항해사 클럽에 접속했다. 게시물 검색에서 '워프 실수'를 쳐보았다. 별로 나오는 게 없었다. 공지사항에서 워프 주의 지역과 폐쇄 웜홀을 다시 살폈다. 해당 사항도 변동된 사항도 없었다. '최고의 항해사' 코너를 잠시 뒤졌다. 주로 은퇴를 앞둔 항해사들의 인터뷰나 회고담이 실려 있었는데, 역시 워프 실수 따위는 내용에 없었다. 그런 실수를 하면 은퇴할 때까지 살 수 없을 테지, 쓰게 중얼거렸다.

위층에서 무료한 승객들이 우주 골프를 치는 소리가 들렸다. 중력이 있다가 없다가 하는 복잡한 코스를 만들어두었고, 선내에서 가장 인기 있는 스포츠였다. 사람들은 우주 항해 시대에도 순간의 타격감을 위해서 살았다.

자포자기한 심정으로 익명게시판에 들어갔는데 항해사가 찾고 있던 내용이 있었다. 대개 정거장 바에서 자주 일어나는 몸싸움의 연장인 험한 게시물들 사이에서, 사람들이 의문을 품고 있었다.

—좌표를 찍고 갔는데 다른 데 떨어졌어요. 이게 가능한 일인가요?

—어, 나도 그랬는데.

—배들이 사라지고 있다는 건 음모론일 거야.

—단정짓지 마세요. 제 동기가 탄 배가 사라졌는데, 다들 쉬쉬하고 있다고요. 어떻게 입을 막은 건지?

—해적 문제인가?

—그런 조무래기들이 162척이나 꿀꺽할 수 있어?

항해사는 침을 삼켰다. 다른 항해사들 역시 불안 속에서 불확실한 정보들을 나누고 있었던 모양이었다. 커뮤니티 활동을 더 활발히 했다면 일찍 알아챌 수 있었을 텐데 늦은 일이었다. 조심스럽게 항해사도 의견을 보탰다.

—워프가 어긋난 경험이 있는 분들이 좌표를 공개해주시면 안 될까요? 비교해보면 뭐가 원인인지 알 수도 있잖아요.
—좌표 까면 개인정보 털림.
—비밀 유지 각서 쓰고 겨우 해고 안 당했기 때문에 그건 좀……

다들 망설이는 것도 알 만했다. 날짜와 좌표를 이야기하면 누가 어느 배의 누구인지 금방 알 수 있을 터였다. 항해사는 한숨을 폭 쉬고는, 몇 분쯤 좁은 선실을 서성거리며 고민했다. 그러나 길게 미적대진 않았다. 의자를 끌어당기고 앉아, 사람들이 가장 많이 보는 게시판으로 옮겨갔다. 아이디와 실명, 소속 우주선을 공개하며 글을 올렸다. 어차피 말아먹은 인생, 해고가 별로 겁나지 않았던 것이다. 사랑하지 않아야 잘할 수 있는 일들이 있었다.

—지금 일어나고 있는 일들이 심상치가 않습니다. 당국에서는 아직 파악이 덜 된 것 같고 최전선에 있는 우리 항해사들이 먼저 밝혀내지 않으면 피해가 커질 겁니다. 이 사태에 대해 의논하고 계시던 분들, 부디 제게 제보해주세요. 개인정보가 유출되면 전적으로 책임지겠습니다.

　아주 소수의 제보가 들어왔다. 항해사는 그렇게 얻은 좌표들로 다시 계산에 들어갔다. 식음을 전폐한 채 우주의 어그러진 곳을 짚으려 애썼다. 항해사용 계산기는 전적으로 무용했다. 아무것도 들어맞지가 않았다. 집어넣은 변수들을 체크하고, 상수들을 체크했다. 들여다보고 들여다보고 또 들여다보았다.

　잠긴 문 밖에서 선장이 험하게 문을 두드렸다.

　"승객들이 난리야. 왜 워프를 하지 않느냐고. 이대로라면 목적지까지 이십삼 일이 늦어. 대체 뭐가 문제인 거야? 제발 자네를 해고하게 만들지 말게."

　"아저씨, 잠깐만요. 터빈 하나가 나가서 고치고 있다고 대충 하루만 더 둘러대주세요. 뭔가가 이상해요."

　궁지에 몰린 나머지, 선장을 어릴 때처럼 아저씨라고 부르고 말았다. 선장은 꿍얼거리면서 돌아갔다.

쓰러지기 직전까지 계산을 하고 계산을 하다가, 항해사는 하나의 결론에 이르고 말았다. 다른 설명은 불가능했다.

기본 상수들이 변했다.

변수가 문제가 아니었다. 상수였다. 우주가 팽창하는 속도가 변했다. 존재하는 항로들이, 지도들이, 축적된 데이터들이 모두 쓰레기가 되었다.

항해사가 항해사 커뮤니티에 발표한 내용은, 커뮤니티를 넘어서 거대한 반향을 불러일으켰다. 대개는 쓸데없이 공포심을 조장한다는 비난이었다. 학계에서 쫓겨난 부적응자가 앙심을 품고 헛소리를 한다고 웃어넘기기도 했다. 그러나 실종된 배들에 대한 소문이 점점 더 무성해졌고, 사람들은 심각해졌다.

"승객들의 의견도 완전히 갈렸어. 당장 워프하라는 쪽과 절대 워프하지 말라는 쪽으로…… 자네가 좀 이야기를 해 봐."

항해사는 승객들을 가장 큰 홀에 모아, 현재 일어나고 있는 일들에 대해 설명했다. 긴 질의응답 시간 후 투표를 했고 한동안 워프 없이 운행하는 쪽으로 결론이 났다. 뉴스는 계속 도착했다. 배들이 계속 사라지고 있었다. 숨죽이고 있던 다른 항해사들도 해고와 소송을 감수한 채 폭로를 감행했고, 크고 작은 회사들도 뒤늦게나마 시인했다.

"그러니까, 뭐가 원인인지는 알 수 없습니다. 어쩌면 일부 의견대로 워프 운항이 우주의 에너지 밀도나 대칭성에 나쁜 영향을 미쳤을 수도 있고, 전혀 우리와 상관없는 다른 요인 때문일 수도 있습니다. 워프가 위험하다는 것만은 확실합니다. 이제부터는 어떤 뛰어난 항해사도 정확한 좌표를 알 수 없을 겁니다."

항해사는 굳은 얼굴로 인터뷰에 임했다. 항해사의 인터뷰는 언젠가 항해사가 멱살을 잡았던 교수의 반대 의견과 함께 나갔다. 우주에 흩어져 있는 다양한 문명들이 한꺼번에 들끓었다. 절박한 사람들은 그 와중에도 워프를 계속했다. 고립되면 어차피 죽음인 곳에서는 선택의 여지가 없었다. 워프를 하지 않고 여행하기에 우주는 지나치게 넓었던 것이다. 삼백여 척이 더 사라지고 나서야 워프 운항이 공식적으로 금지되었다. 이어졌던 우주가 해체되었기에 금지 조치는 권고에 불과해졌지만 말이다.

항해사는 크루즈가 비탄에 잠긴 것이 자신의 탓인 것만 같았다. 울음소리는 선실의 방음벽을 뚫고 새어나왔다. 수명 안에 목적지에 가닿지 못할 수많은 사람들이, 잃는지도 모르고 잃게 된 것들을 헤아리고 있었다. 그저 가벼운 여행을 하고자 했을 뿐이었는데, 다시 돌아가지 못할 장소와 영영 만나지 못할 이들이 생기고 말았다.

"워프 엔진도 항해사도 멀쩡한데, 우주가 멀쩡하지 않다는 거네. 이런."

선장은 항해사의 아버지가 선물했던 술을 땄다.

"이제 와서 묻기도 뭣하지만, 그 교수의 멱살은 왜 잡았던 건가?"

"종 차별주의자였어요. 인간형이 아닌 학생들을 너무 괴롭히더라고요. 친한 언니한테 비열하게 굴어서. 차분하게 잘 이야기하려고 했는데 어느 순간 욱 했죠……"

"학계로 돌아갈 거야? 언론에서는 자네가 우리 시대의 가장 깨어 있는 지성이라고 난리던데."

"아뇨, 관심 없어요. 여기가 좋아요."

두 사람은 말없이 크루즈의 소리에 귀를 기울였다. 엔진음과 에어컨디셔너 소리, 여전히 우주 골프를 치는 소리가 들렸다.

"그럼 선장 좀 하게."

"네?"

"승진시켜줄게."

"아저씨는요? 아니, 선장님은요?"

"나는 돌아갈 거야."

"어떻게요?"

"위험을 감수해야지. 두고 온 사람들이 너무 많아."

선장은 사고를 무릅쓰고 운행하는 배와 접촉했다고 했다. 죽는다 해도 돌아가야만 하는 승객들을 싣고, 알 수 없는 확률 속으로 워프한다고. 승선권의 가격은 상상을 초월해서, 웬만한 사람들의 전 재산에 가까웠다. 어떤 이들은 망설이지 않고 그런 배들을 탔고, 어떤 이들은 완전히 새로운 곳에 정착하기로 마음먹었다.

"아줌마한테 안부 전해주세요."

그게 마지막이었다. 배를 옮겨 탄 선장은 시공간의 잘못 붙은 접착면에 끼어 완전히 사라졌다.

선장이 된 항해사는, 아직도 느리게 크루즈를 몰고 다닌다. 워프가 사라진 시대에 여전히 크루즈 장사가 되는 건 신기한 일이다.

「항해사, 선장이 되다」는 소프트 아이스크림처럼 소프트한 SF였다. 하드 SF 팬들이라면 비난을 퍼부을 게 뻔한, 구멍이 숭숭 뚫린 내용. 재화는 그러나 별로 신경쓰지 않았다. 워프 엔진이 나쁜가, 항해사가 나쁜가, 우주가 나쁜가. 그건 스스로도 답하지 못한 문제였지만 밖으로 말할 필요가 있었다.

나는 오늘도 네 좌표를 알지 못해. 우리의 좌표가 어디서부터 어긋났는지 알지 못해. 네가 나빴는지, 내가 나빴는지, 우주가 나빴는지 알지 못해. 그렇게 말할 필요가 있었다.

재화는 정말로 우주선에 있을 법한 작고 딱딱한 침대에서 잠이 들었다. 발끝이 시렸다. 잠결에, 엔진처럼 무언가 허밍하는 소리를 들었던 것도 같았다.

지구가 기억하는 러브 스토리

운동화가 햇빛에 마르고 있었다. 가죽과 캔버스 천이 각자 다른 속도로 마르는 소리가 나는 것같이 조용한 주말이었다. 험난했던 교대가 끝났고, 아무것도 하지 않을 예정이었다.

빈백 의자는 인류의 발명품 중 꽤 괜찮은 축에 들 거라고, 용기는 새로 산 의자에 만족하며 늘어져 있었다. 한번 앉으면 일어날 수가 없었다. 그래서 여자친구가 문을 열고 들어오는 소리를 듣고도, 애써 몸을 일으킨다든가 하는 시늉은 하지 않았다. 그저 고개를 돌리고 반가운 기색을 했을 뿐이다.

뾰족한 눈매를 하고 여자친구가 용기를 내려다보았다.

"왔어?"

그제야 긴장한 용기가 말했지만, 여자친구는 대답 없이 커다란 가방을 용기의 머리 위에 쏟았다. 온갖 물건들과 함께 책들이 쏟아졌다.

"어우, 이게 다 무슨 책이야? 나 얼굴에 피 안 나나? 너 왜 그래? 뭘 잘못 먹고 이래?"

"……이게 진짜 무슨 책인지 몰라? 몰라서 물어?"

여자친구는 미안한 기색 하나 없이 되물었다. 용기는 빈 백에서 힘들게 몸을 일으켜 주섬주섬 책들을 주웠다. 잡지였다. 장르문학 월간지, 계간지, 무크지 등등. 앤솔러지도 한두 권 있었다. 기민하지 않은 용기였지만, 쉽게 표지에서 재화의 이름을 발견할 수 있었다.

"전 여친 책들이잖아. 내가 모를 줄 알았어?"

재화가 뭘 어쨌다는 건가. 재화 이야기를 한 적 있었던지 생각이 나지 않았다. 용기는 연결점을 찾지 못했다.

"나 애랑 연락 안 해. 애가 선이 누나랑 친하긴 한데, 같이 보는 일도 없어. 그렇게 신경쓰이면 너도 선이 누나 결혼식 가면 되잖아."

"결혼식? 그딴 게 지금 문제야? 몸엔 왜 그 지랄을 한 건데?"

"몸에……?"

얼빠진 용기의 얼굴과 가슴팍을 여자친구가 매섭게 때렸
으므로, 진정시키기 위해 어쩔 수 없이 끌어안았다. 진정시
켜야 이야기가 될 것 같았다.

여자친구는 분을 못 이겨 울기 시작했고, 용기는 용기대
로 충격에 잠겼다. 몸에 나타난 글자들이, 재화의 것이라
고?

"그럴 리가 없어. 읽은 적도 없는데……"

"그럴 리가 없기는 개뿔, 내가 일일이 다 적어 가서 확인
했으니까, 형광펜도 다 쳐놨으니까 잡아뗄 생각 하지 마!"

용기의 팔에서 빠져나온 여자친구가 증거로 이 책 저 책
을 펼쳐 보였다. 용기는 정신 없이 따라 읽었다. 어이없는
죽음의 문장들이 거기 있었지만, 처음부터 끝까지 이해할
수 없었다. 재화라니. 재화가 내게 왜 이런 짓을? 아니, 재
화가 할 수 있을 리가. 그 이후로 만난 적도 없는 재화였다.

빈백에 다시 주저앉았다. 몸을 완전히 묻었다. 머리가 멈
춰버려서 어쩔 수 없었다. 여자친구는 용기의 발치에 누가
던진 인형처럼 엉망으로 앉았다. 그런 여자친구는 보기 애
처로웠지만 다시 안아줄 생각은 들지 않았다. 불합리, 부조

리, 부자연······ 설명할 수 없는 기이한 상황 속에서, 용기가 느낀 것은 격한 감정이 아니라 이상한 종류의 권태였다. 평화로울 정도의 권태. 무책임한 방관의 감정이었다.

"너한테 설명할 말이 없어. 하지만 이건 내가 한 일이 아니고 재화가 한 일도 아닐 거야."

용기는 자기가 얼마나 재수없는 얼굴을 하고 있을까 상상하며 말했다.

"닥쳐."

충분히 재수없는 모양이었다. 머릿속이 분명한 선으로 이루어져 있을 여자친구가 그 순간 무척 부러웠다.

"이상한 일이 벌어지고 있지만, 여전히 널 사랑해. 글자 몇 개 따위 그냥 신경 안 쓰고 나랑 있으면 안 돼?"

"그게 거기 있는데 어떻게 신경이 안 쓰여? 말이 되는 소리를 좀 해!"

용기는 병원에 찾아갔었던 것을 일일이 여자친구에게 이야기할까 잠깐 고민했다. 아무 문제도 없다고. 그래서 더 큰 문제라고. 하지만 여자친구 성격에 받아들이지 못하고 해결책을 찾을 때까지 용기를, 스스로를, 두 사람의 관계를 혹사시킬 것이 분명해서 관두었다.

"그래서, 넌 어쩌고 싶은 거야?"

어차피 재수없는 놈이니까, 재수없음의 끝을 보자고 포기하며 용기가 던졌다. 여자친구도 조금 움찔하는 것 같았다. 그러더니 뒤집어진 가방에서 뭔가를 꺼내 내밀었다.

사포였다.

"지금 내 눈앞에서 다 지워. 그러면 다시 생각해볼게."

용기는, 왜 난 사귀는 여자마다 어딘가 좀 이상한 애들일까 깊은 한숨을 쉬었지만 일단 사포를 받아들었다. 그러나 차마 피부에다 대고 문지를 수는 없었다.

"못하겠으면 내가 해줄게."

여자친구는 야무지게 사포를 뺏어 들고, 가장 눈에 띄는 문장을 지우기 시작했다. 최근에 쇄골과 어깨가 만나는 곳에 생긴 것으로 '선장은 시공간의 잘못 붙은 접착면에 끼어 완전히 사라졌다'는 긴 문장이었다.

"……아파."

"그럼 돈 처들이고 레이저 수술 받든가."

"아파, 하지 마."

"수술, 받을 거니?"

용기는 대답하지 않았다. 설명할 수 없이 거기 생긴 것이라면, 설명할 수 있는 방법으로 없앨 수 없으리란 걸 알았다. 만약 지우는 게 가능하다고 해도, 다시 나타나지 않으리

란 보장이 없었다. 재화를 만나봐야 할지도 모른다는 생각
이 들었다. 어떤 힌트라도 얻을 수 있지 않을까.

여자친구가 사포를 거두고 떨어져나가더니, 이번에는 꽤
가지런한 자세로 맞은편에 앉았다.

"오빠."

여자친구가 손등으로 쓱 눈물을 닦았다.

"오빠는 몰랐겠지만, 언젠가부터 영화 보러 가면 오빠가
우리 사이에 있는 팔걸이를 올리지 않더라. 뭔가 잘못됐다
는 걸 알고 있었고 늘 불안했어."

팔걸이를 올리지 않았던가? 용기는 기억해낼 수 없었다.
그 바보 같은 검사들이 잘못된 걸지도, 어쩌면 정말 기억에
문제가 있는지도 몰랐다.

"나 오빠랑 그런 게 하고 싶었어. 우리 둘이 사랑을 하다
가 헤어지거나 한쪽이 죽거나 하더라도, 사람들이 다 우리
사랑을 기억해서, 근사하고 특별했다고 기억해서 다 괜찮
은, 그런 대단한 사랑 말야. 세기의 사랑, 세기를 뛰어넘는
사랑, 그런 거. 잡지에서 러브 스토리 특집을 하면 나라별로
뽑히는 연인들처럼. 클레오파트라랑 그 이름 긴 아저씨처
럼, 그레이스 켈리랑 모로코 왕자처럼……"

"모로코가 아니라 모나코일걸."

"존 레논이랑 요노 오코처럼 되고 싶었단 말야."

"오노 요코겠지."

"시끄러."

여자친구가 품고 있었던 대단한 야망을 몰랐던 용기가 낮게 웃었다.

"뭐가 그렇게 대단한 게 하고 싶었어? 그런 연애는 대개 주변에 민폐지 않나?"

"하지만 다른 걸로는 대단해질 수 없다는 걸 일찍 깨달았거든. 어릴 때부터 뾰족한 재주 없었고 마사지 전문가이긴 해도 안마의자 기술이 점점 발전하고 있잖아. 정말 시간이 얼마 남지 않았어."

"시간이 왜?"

여자친구가 말을 하기 전에 웃었다. 저 웃음을 볼 수 없어지겠지. 용기는 나른하게 슬퍼했다.

"나이가 들 테니까. 똑똑하거나 매력 있거나 하지 않은 나 같은 여자애들은 한철이거든."

"아냐…… 너 그렇지 않아. 그렇게 생각하지 마."

용기가 힘없이 반론을 제기했다. 얼마나 사랑했던가. 얼마나 으스러지게 안았던가. 비 오는 날 여자친구의 머리에서 나는 냄새가 좋았다. 평소보다 오래 머무는 샴푸와 바디

버터 냄새. 고집을 부릴 때의 표정마저도 아직 덜 빠진 볼살 때문에 귀엽게만 보였다. 언더라인까지 진하게 하는 저 또래의 진한 화장도, 억지로 끼는 컬러렌즈도, 지나치게 짧은 옷들도, 싸구려 귀걸이 때문에 생긴 알러지도 모두 애처로울 정도로 사랑스러웠다. 그 사랑스러움을 오래 누리지 못할 건 알고 있었지만 끝이 여기일 줄은 몰랐다.

"초등학교 때 모둠 비빔밥을 해먹으면 꼭 돈가스를 해오는 애들이 있었어. 아마 엄마한테 알림장을 보여주지 않았던 거겠지. 그런데 비빔밥에 들어간 그 엉뚱한 돈가스가 의외로 또 맛있었다? 다 부서지고 눅눅해지고 그랬는데도 맛있었어. 그 돈가스처럼 오빠가 좋았어."

"……무슨 말인지 전혀 이해 못하겠어."

"전혀 내 타입 아닌데, 안 어울리는 거 아는데도 좋았다고."

"난 우리가 꽤 어울린다고 생각했는데."

여자친구가 웃는지 찡그리는지 알 수 없는 얼굴을 하더니, 다시 말을 이었다.

"오빠가 어이없을 정도로 나쁜 발음으로 '안녕'이라고 말하는 게 좋았어. 말도 안 되게 나쁜 발음인데 그게 좋았어."

"아니, 이런 순간에 발음 나쁘다고 해버리면……"

"아침에 거기가 딱딱해질 때마다 내 생각이나 나라, 이건 저주야!"

"야, 야."

"으형형."

"네 생각이 날 거야."

용기가 손을 뻗어, 여자친구의 손을 잠시 잡았다. 핑크와 옐로의 도트 무늬 손톱을 들여다보고 웃었다. 지지난주엔가, 이쑤시개로 애써 점을 찍으며 네일 따위 돈 주고 받을 여유 없다고 툴툴거렸었다. 그 정도는 시켜주고 싶었다. 또 뭐가 해주고 싶었었지? 아, 편한 신발을 사주고 싶었다. 발가락뼈를 튀어나오게 하지 않는, 균형이 잘 잡힌 신을. 샴페인 색깔의 화장품도 사주고 싶었다. 볼살이 빠지면 그런 골드가 어울릴 것 같은 얼굴이었는데.

가볍게 손톱 하나하나에 입을 맞추었다. 여자친구도 입맞춤의 의미를 깨닫고 더 크게 울기 시작했다.

대단한 사랑, 세계가 기억할 사랑을 얻기를. 나는 줄 수 없었지만 꼭 그랬으면 좋겠어.

용기는 여자친구와 그렇게 헤어졌다.

다행히 여자친구는 용기를 헤어진 전 여자친구의 글을 몸에 새기는 이상한 연상의 남자로만 기억하지는 않았다. 몇 년이 지나 용기의 나이, 컬러렌즈를 끼지 않는 나이가 되어서는 그리운 기분으로만 기억했다.

소원대로 대단한 사랑에도 빠졌는데, 상대는 초등학교 동창인 유명 힙합 래퍼였다. 둘은 공공연하게 애정행각을 벌이거나, 남의 시선을 신경쓰지 않고 싸웠다. 용기는 그 래퍼가 리얼리티 프로그램에서 성질 있어 보여서 약간 걱정했지만 실생활에서는 점잖은 사업가인 모양이었다. 두 사람은 잡지든 케이블 방송이든 매체에서 핫 커플을 꼽으면 늘 50위 안에 들었으니, 대단한 사랑이라면 대단한 사랑이었다.

그러나 그것은 어쨌든 나중의 일이었다.

여자친구와 헤어지고, 용기는 평소보다 오래 잤다. 근무가 없을 때면 내리 잠만 잤다.

예전에 용기는 항상 동물들을 무시했었다. 가깝게는 어릴 때 기르던 개가 워낙 잠이 많아서 개 팔자가 상팔자란 말이 따로 있는 게 아니구나 했고, 멀게는 TV에 종종 나오는 코알라가 그렇게 게을러 보일 수가 없었다. 하루에 스무 시간 이상씩 자고, 나머지 네 시간은 먹는 데 쓰다니. 심지어 자느라 산불을 못 피해서 나무에 동그랗게 눌어붙는다니……
운동선수로, 출동 요원으로 지내온 용기로서는 굉장히 한심
해 보였던 것이다.

그랬던 용기가 열여섯 시간씩 자게 되었다. 자고 있을 때
에만 크고 작은 상처들이 아무는 걸 느꼈다. 안쪽이, 오래전
에 잃었던 균형 잡힌 상태로 되돌아가는 것 같았다. 그런 경
험을 하고 나서야 비로소 동물들에게 미안해졌다. 코알라들
의 대화를 이해할 수 없으니 잘은 모르지만, 어쩌면 코알라
들도 여자친구에게 세게 차였는지도. 그저 아주 멋진 꿈을
꾸는 중일 수도 있지만……

하여튼 잘 알지 못하는 세계에 대해서는 함부로 판단해선
안 되겠다고, 용기는 뒤늦게 생각했다. 영원히 알 수 없을
세계라면 특히.

미안해, 코알라들.

미안해, 여자친구.

미안해, 재화.

나랑 시합을 할래?

김이 서린 샤워 부스 너머로, 뭔가가 움직였다.

샤워 부스는 닫혀 있고 욕실 문은 열려 있는 상태였다. 머리카락이 흔들려 시야에 걸린 건가? 비닐봉지 같은 게 떨어졌나? 하지만 꼭 사람 같았다. 조심스럽게 움직이는 어두운 색 옷을 입은 사람. 재화는 계속 샤워를 하는 척 물소리와 달그락거리는 소리를 내며, 눈과 귀를 열어둔 채 집안을 탐색했다. 물을 잠그고도 안전하다고 생각될 때까지 그대로 있었다. 샤워 부스에서 영영 나가고 싶지 않았지만, 그럴 수는 없었다.

집은 텅 비어 있었다. 재화는 물기를 닦으며, 어느 쪽 전

문가든지 간에 전문가의 도움을 받아야 할지도 모르겠다는
생각을 했다. 심장이 기분 나쁘게 빨리 뛰었다. 집을 나서고
도 한참을 그랬다.

옷을 사러 가기로 한 것이었다. 선이가 굳이 선이의 결혼
식에 입을 옷을 사주겠다고 고집하는 바람에.

"아직도 왜 언니가 사주는 건지 모르겠어."

"내가 해봐서 아는데 같이 대기해주고, 짐 챙겨주는 것도
꽤 힘든 일이더라고. 계속 내 옆에 있을 건데, 내 취향으로
한 벌 골라줄게."

"설득은 되지 않지만, 언니가 물러설 사람이 아니니
까……"

선이는 푸른 기가 도는 짙은 회색의 레이스 원피스를 골
라주었다. 세련된 옷이긴 했지만 재화 취향엔 브이넥이 너
무 깊었다.

"이것 봐. 신축성도 좋아. 너 회사에 입고 가도 되겠다."

"회사에 뭐하러 갖춰 입고 가. 회사는 대충 입고 가야지."

옷을 생각보다 쉽게 골라서, 두 사람은 여유롭게 잡화를
구경했다.

"아니, 옷도 신도 가방도 매해 사는 것 같은데 왜 늘 없는
것 같지? 내 옷장은 나니아로 가는 옷장인가?"

"늘 입는 것만 닳을 때까지 입게 되긴 하더라. 아, 저런 부츠 사고 싶은데, 무릎 넘어서 허벅지까지 오는."

재화가 사이 하이thigh high 부츠 앞에서 멈췄다.

"사, 사버려. 빚도 없고 투잡 뛰면서 부츠쯤이야."

선이가 부추겼다.

"투잡이라기엔 한쪽이 돈이 너무 안 되는데…… 근데 너무 길다. 저런 부츠, 175는 되어야 허벅지까지 오지, 내가 신으면 가랑이까지 올걸. 바지 잘라 입는 건 어쩔 수 없다 쳐도 부츠를 잘라 신기는 그렇잖아."

"음, 좀 길긴 하네."

더 살 만한 것은 찾지 못하고, 다리를 쉬게 하기로 했다. 오랜만에 많이 걸었더니 겨울 초입이지만 차가운 커피가 마시고 싶었다. 재화는 아이스 아메리카노를, 선이는 초코칩 프라푸치노를 시켰다.

"결혼식이 벌써 다음 주말이라니 믿을 수 없다."

새삼 감회가 새로웠다. 선이는 애써 감흥 없는 얼굴을 했지만, 결국 복잡한 표정을 들키고 말았다.

"도망치고 싶으면 말해. 어디, 다른 나라로 도망쳐버리자. 같이 가줄게."

재화가 권하자 선이가 깔깔 웃었다.

"이제라도 네가 받아라, 부케."

"그걸 내가 왜 받아? 곧바로 결혼할 사람이 받는 거잖아."

"별로 친하지도 않은 애한테 주려니까 왠지 싫어. 어차피 서양 전통. 대충 까뭉개고 네가 받으면 안 되나?"

"이제 와서 어떻게 그래? 그냥 언니 친구 줘."

"아이고, 우리 재화는 욕심도 없고 금욕까지 하고 있으니 몸에서 사리 나오겠네?"

"내가 오색영롱하게 구슬들 만들어볼게."

"곧 결혼할 사람이 할 말은 아니지만, 연애도 결혼도 권하고 싶지 않고…… 너 친구랑 같이 살아. 이따위 나라에서 그래도 조금 안전하지 않을까? 마음에 맞는 친구 없어? 내가 너 신경쓰여서 정말."

"언니만한 사람이 없어. 다른 친구들이랑은 싸울 것 같아."

선이가 재화의 말에 나만한 사람 없지, 끄덕이며 웃었다.

"좋겠다, 언니는. 누군가의 정답이라서."

"무슨 소리야, 결혼은 정답이 아니라니까."

"아니, 결혼 이야기가 아니라…… 어떤 관계라도 한 공간에서 매일을, 매사를 공유한다는 건 대단히 큰일이잖아.

그런데 언니는 상대방을 불안하게 만들지 않는 파트너란 이야기니까."

"쓸데없이 심각하게 굴고 그래? 정답은 무슨, 오답만 아니면 다 어떻게든 되는 거야."

"아니야, 언닌 정답이야. 무슨 일이 있어도 계속 정답으로 지켜나가는 사람이니까. 난 누군가의 유사답 정도는 되어본 적 있는 것 같은데, 한 번도 정답은 못 되어봤네."

선이는 빨대 껍질을 잘게 찢으며 재화의 말을 곰곰 따져보는 듯했다.

"그런 거 될 필요 없는 것 같아. 누구의 무엇도."

재화와 선이는 가벼운 포옹을 했다.

"그 말도 맞네. 언니는 행복할 거야."

"행복에 강박을 가지지 마. 그건 일시적인 상태일 뿐이랬어. 다들 그 일시적인 상태를 또 가져보려고 아등바등하는 걸 거야."

선이는 먼저 일어났고, 재화는 카페에 눌러앉아 교정지를 만졌다. 결국 승주의 독촉 전화를 며칠 전에 받고 말았는데, 거의 다 되었다는 재화의 말을 믿지 않는 듯했다. 매일 본 페이지까지 사진을 찍어 보내겠다고 사정을 하고서야 전화를 끊을 수 있었다.

공교롭게도 손볼 단편은 문화권마다 존재하는, 결혼을 금지당한 여자들 설화에서 모티브를 얻은 것이었다. 그리스 신화의 아탈란테나 니벨룽겐의 노래의 브륀힐트처럼, 주인공이 구혼자들을 물리치기 위해 어려운 시합을 하는 이야기들은 어디에나 있었다. 그리고 그 어려운 시합을 거치고도 늘 비극적인 결말로 끝나곤 했다. 「나랑 시합을 할래?」는 저주에 대한 변주였다.

작은 요새 도시에서, 공주가 태어났다. 어렵게 얻은 외동딸이었다. 사람들이 기뻐하며 창밖으로 꽃과 작은 견과류들을 뿌렸다. 왕과 왕비는 요새가 아니었으면 결코 유지될 수 없었을, 큰 나라들 사이에 낀 조그만 왕국을 자비롭게 다스렸고 사람들은 계승자가 태어난 걸 한껏 기뻐했다. 예언자들이 계시를 받았다며 무시무시한 말들을 늘어놓기 전까지는.

"공주가 결혼을 하게 된다면, 이 왕국은 영원히 사라질 것입니다. 성벽의 돌들이 울고, 여문 열매들이 그대로 바스러지고, 산 아래 광맥들이 식을 것입니다."

끊임없이 침입을 받으면서도 그때껏 버텨온 것은, 견고한 성벽과 질 좋은 견과류와 바닥나지 않는 광산들 덕분이었다. 공주의 결혼이 작지만 비옥하고 아름다운 왕국을 허물어뜨릴 거라는 말에 모두들 사색이 되었다.

"결혼을 하지 않는다면?"

왕이 침통한 얼굴로 물었다.

"누구보다도 성군이 되실 겁니다."

왕비가 눈물 흘리며 공주를 품에 안고 흔들었는데, 스스로에게 위안을 주기 위함이었다. 아기는 울지 않고 방싯거리며 배냇짓을 하고 있었다. 잘 자고, 잘 먹고, 보채는 것도 없이 보기만 해도 기분이 좋아지는 아기였다. 그랬기에 저주가 더 극적으로 느껴졌다. 비슷한 시기에 딸을 낳은 부모들은, 공주가 외롭지 않도록 딸들을 결혼시키지 않겠다고 맹세를 했다.

커다란 금기가 항상 머리 위로 드리워져 있었기 때문에, 공주는 자라면서 다른 자잘한 제약들에서는 자유로울 수 있었다. 타고난 재치가 있는 편이어서 공부를 좋아했지만, 오래 한자리에 앉아 있지는 않았다. 요새와 요새 바깥을 마음껏 돌아다녔다. 공주가 활과 칼, 창을 제대로 다루게 된 이후로는 혼자 다니는 것이 허락되었다. 사실 요새 근처에서 공주를 해칠 사람은 아무도 없었다. 공주가 지날 때마다 발밑에 월계수를 깔아주고 싶어서 안달인 사람들이 대부분이었다. 다만 어두운 숲만은 되도록 드나들지 말라고 신신당부하고는 했다. 음습한 기운 때문인지 괴물들이 태어나 종종 골치 아픈 문제를 일으켰기 때문이다.

공주가 열두 살 생일을 앞두고 처음 처치한 괴물 역시 어두운 숲에서 넘어온 식인 두더지였다. 사람보다 맛있는 게 그렇게나 많은데 왜 하필 사람을 먹어서는 주의를 끄는지, 영민한 공주는 좀 이상하다고 생각했다.

"어디 가서 이야기하기 더 그럴듯한 괴물이었으면 했는데 하필……"

물푸레나무 창을 감아쥐고는, 공주가 투덜거렸다. 게다가 공주 혼자만 해치우러 나선 것도 아니었다. 먼 친척 아이들이 놀러 와 있었는데, 모두 남자아이들이었고 그들과 경쟁해야 했다. 공주가 가장 잘 다루는 것은 활이었으나, 활은 여자아이들의 무기라고 한 명이 빈정거렸기 때문에 창을 들었다.

두더지는 예상했던 것보다 훨씬 상대하기 힘들었다. 땅이 순식간에 부르르 일어나면 흙먼지 때문에 시야를 확보하기 힘들었으며, 땅을 헤치고 아무 곳에서나 불쑥불쑥 솟아오르는 발톱에는 독성까지 있었다. 두 남자아이들이 얕보았다가 다치고 말았다. 공주는 가벼운 다리로 빨리 달리며 다른 아이들을 이끌어 두더지를 암석지대로 몰았다. 아이들은 바위 위에서 갈고리를 투척해 두더지를 끌어올렸다. 모두 한꺼번에 달려들려 할 때였다.

"멈춰, 공주가 가장 큰 공을 세웠으니 공주가 끝을 내야지."

공주는 그렇게 말한 아이를 돌아보았다. 가장 북쪽에서 온 또래의 소년으로, 남국의 햇빛에 익숙해지지 못해 콧등이 벗겨진 호리호리한 녀석이었다. 공주는 가볍게 눈인사를 하고는 식인 두더지의 목숨을 끊었다.

사람들은 공주를 칭찬하고, 공주를 더욱 빛나게 해준 덜 떨어진 남자아이들을 정성껏 치료했다. 공주는 마지막 일격을 내어준 아이에게 다가가 직접 무릎의 찰과상에 해독 약초를 얹어주었다. 그후 두 사람은 사람들이 지켜보지 않는 곳에서 첫 키스를 나누었다. 밤이라서 차가워진 입술이 짜릿했다.

내년에 다시 놀러 오겠다던 그 아이는 영원히 돌아오지 못했다. 계절이 바뀐 어느 날 저녁에, 공주는 어른들의 한숨과 함께 비보를 전해 들었다. 첫사랑 소년은 독사에 물려 죽었다고 했다. 공주는 소년의 콧등이 얼마나 귀엽게 벗겨졌던가, 세밀한 기억에 몸을 떨었다. 혹시 자신의 저주 때문에 일어난 일은 아닐까 한참을 울었다.

사람들이 보는 곳에서 운 건 아니다. 공주는 모두의 딸이기 때문에 그럴 수 없었다. 공주가 울면 요새 전체가 마음을 썼고, 공주는 그게 싫었다.

혼자 있기 위해, 어두운 숲을 종종 찾았다. 사람들이 꺼리는 장소는 은신처로 맞춤했다. 공주는 울고 싶은 날뿐 아니라 웃고 싶지 않은 날에도 비틀린 나무둥치를 타고 올라가 숨어 있었다. 숲이 내는 소리들은 사악한 중얼거림처럼 들렸지만 정말로 공주를 해치는 적은 없었다. 공주는 가끔 눈에 띄는 독사들을 죽였다. 언젠가 사람을 물지도 모른다면서 화풀이한 셈이었다.

그러다가 몸통 굵기가 사람 허리만한 흰 뱀을 만났을 때, 흰 뱀이 공주를 향해 공격적으로 몸을 세웠을 때, 공주는 결심했다. 거대한 흰 뱀을 잡고 다시는 숲에 돌아오지 않기로, 숨지 않기로, 아무도 사랑하지 않고 오로지 좋은 왕이 되기로…… 공주는 연사가 가능하도록 개조한 석궁을 들고 흰 뱀을 공격했다. 처음에는 호각이었다. 그러나 서로 쫓고 쫓기다 고르지 못한 땅에 이르자, 뱀 쪽이 유리해졌다. 공주가 미처 보지 못한 나무뿌리에 걸려 넘어졌고 뱀은 턱을 크게

벌리고 덮쳐왔다. 저주만 믿고 까부는 게 아니었는데, 공주
는 눈을 감고 후회했다.

"안 돼."

낯선 목소리에 눈을 뜨자, 한 번도 본 적 없는 사람이 뱀
을 물러서게 하고 있었다. 무장도 하지 않았고 위협적이지
도 않았는데, 뱀은 너무나 순순히 물러서 그늘로 사라졌다.

"어떻게 한 거예요?"

공주가 놀라 물었지만, 뱀을 막아준 사람 쪽이 더 놀란 것
같았다.

"너, 내가 보이면 안 되는데. 들려서도 안 되는데."

공주는 그 말의 내용도 이상했지만, 존대를 하지 않았다
는 점에도 충격을 받았다. 아예 요새 근처 사람이 아닌 게
분명했고, 여자인지 남자인지도 분명치 않았다. 얼굴도 키
도 목소리도 옷도 어느 한쪽을 가리키지 않았다.

"숲에…… 사시나요? 숲지기인가요?"

구조자는 난감한 표정으로 잠시 공주를 내려다보더니, 고
개를 끄덕였다.

"대충 숲지기지."

공주는 '대충' 부분이 이해되지 않았다. 숲지기는 얼른 돌
아서서 자리를 떠나려고 했다. 공주가 당황해서 외쳤다.

"발목을 다쳤어요, 요새까지만 부축해주세요!"

숲지기는 어쩔 수 없이 다시 돌아와, 잔뜩 찡그린 채 공주를 업었다.

"감사를 전하기 위해, 성함을 여쭤봐도 될까요?"

"안 돼."

숲지기가 가장 잘하는 말이 '안 돼'인 모양이었다. 숲지기는 이치에 맞지 않을 정도로 빨랐고, 공주를 업고 요철이 심한 길을 가면서도 등이 하나도 젖지 않았다. 이내, 성문에 공주를 내려놓고는 인사도 없이 가버렸다.

숲지기의 존재는 시간이 지나서도 공주의 머릿속을 간질간질하게 했다. 뭔지는 모르지만, 뭔가 확인해야 할 것이 있다는 생각이 들었다.

공주는 지난번에 숲지기를 만났던 곳 근처에서, 장소를 바꿔가며 잠복을 했다. 숲지기의 태도로 보아 공주를 보면 그 빠른 걸음으로 사라져버릴 것 같았기 때문이다. 보름쯤 기다렸을까, 드디어 다시 숲지기가 나타났다. 공주가 나무 위에서 뛰어내려 숲지기의 앞에 섰다.

"너 왜 또 여기 왔니? 위험하다."

별로 걱정도 안 하는 것 같으면서, 숲지기가 건성건성 말을 던졌다.

"내가 죽으면, 그건 저주 때문이지 다른 이유는 아닐 거예요. 대개 그렇잖아요. 엉뚱하게 상한 음식을 먹고 죽거나 하진 않겠죠."

"그야 그렇지. 그래도 이런 식으로 나랑 자꾸 마주치면 안 돼."

"왜 나한테 존댓말을 쓰지 않아요? 써달라는 건 아니지만."

"난 원래 아무한테도 존댓말을 하지 않아."

"거짓말. 나이 많은 어른들도 있고, 여러 높은 분들도 있을 거 아니에요?"

"섬겨야 하는 어른은 없고, 모두 나를 무서워하거든. 너도 날 좀 무서워해야 해."

그러나 세상 무서운 것 없는 공주는 호기심을 가지고 숲지기의 뒤를 쫓았다.

"왜 자꾸 따라오는데?"

"목말라요. 마실 것만 주면 갈게요."

"나도 마실 거 없는데?"

"이 근처에 살 거 아니에요. 집도 없이 숲에 산다는 건 불가능하니까."

숲지기의 집은 땅 위로 하얗게 드러난, 죽은 나무뿌리를 통째 지붕과 기둥으로 써서 지은 비스듬한 집이었다. 땅에 반쯤 파묻혀 있었지만 그런대로 견고해 보였다.

"멋진 집이네요."

"그러게."

공주의 칭찬에 숲지기는 자기 집을 처음 본다는 듯이 갸웃, 집의 기운 각도에 맞추어 그 모양을 감상했다. 역시 이상한 사람이었다.

"뭐 마실래?"

"석류나 무화과가 있으면 과일도 괜찮아요. 있어요?"

"응…… 있네."

과일들은 공주가 원하던 딱 그 맛이었으므로, 감탄할 수밖에 없었다. 천장이 낮고, 마른 흙냄새가 나고, 원래는 투박했을 것 같지만 오래되어 윤기가 나는 작은 가구들로 가득찬 그 집이 공주는 아주 마음에 들었다. 그래서 다시 찾아가지 않겠다는 약속을 어기고, 자주 숲지기의 집을 찾았다. 누군가가 자신에게 전혀 존대도 안 하고, 지나치게 신경을 쓰지도 않고, 안쓰러워하거나 미안해하는 표정을 짓지 않는다는 게 공주는 너무나도 편했다.

"너 나랑 약속한 거 어기고 자꾸 여기 오고 그러면 안 돼."

"안 되긴요."

"내가 얼마나 무서운지 몰라서 그래. 난 약속을 어기면 더 큰 걸 받아낸다고."

"드리죠, 뭐. 요새에 더 커다란 집을 드릴게요. 대신 이 집 저 주세요."

"너랑 있으면 너무 구체적이 되어서 싫어."

"싫다면서 이사도 안 가고, 못 오게도 안 하면서."

"그러니까, 나도 이러면 안 되는데 정말…… 이렇게 고정되어버리면."

숲지기는 가끔 불만스러운 표정을 지었지만 그뿐이었다.

공주가 성년이 되자, 이웃나라의 왕자란 왕자는 다 덤벼들어 구혼하기 시작했다. 왕자들은 저마다 바로 자신이 저주를 풀어줄 특별한 상대라고 주장했다. 공주는 남의 나라의 국운 따위 나 몰라라 하고 오만하게 접근해오는 이들이 지겨울 뿐이었다. 약소국의 왕자들은 한두 번 거절하면 돌아갔는데, 대국의 왕자들은 거절을 거절로 받아들이질 못했다. 공주는 할 수 없이 이렇게 제안하곤 했다.

"저랑 시합을 해서 세 번 이기면, 결혼해드리죠. 대신 만약 진다면 두 나라가 맞닿은 곳의 땅 십 분의 일을 제게 주세요."

처음에는 달리기, 마상 창던지기, 절벽 기어오르기로 승부를 가렸다. 평소 지나치게 편한 생활을 했던 왕자들은 공주보다 느리고 약했으며, 스스로를 과신하고 공주를 얕본 자들도 공주에게 졌다. 덕분에 작은 요새뿐이었던 왕국에 새 영토가 늘었다.

그러나 소문이 퍼지면서 점점 더 오래 훈련하고 준비해서 찾아오는 이들이 늘었으므로, 공주는 근심이 깊어졌다.

"대체 어떻게 하면 저 거머리들을 뗄까요? 사람이 저주를 받았다 그러면 알아들어야지, 이게 다 뭐하는 짓이람?"

공주는 안락의자에 몸을 묻고는 투덜거렸다. 숲지기는 건성으로 듣는 척하더니 해답을 내놓았다.

"종목을 바꿔야겠네. 너한테 훨씬 유리한 걸로……"

"그래도 될까요?"

"안 될 게 뭐야?"

"하긴, 상대들이 그렇게 무례한데 공정할 건 또 뭐야?"

요새 사람들은 지혜를 합쳐 공주에게 유리한 세 가지 종목을 만들어냈다. 첫번째 종목은 요새의 특산물인 호두로

저글링 하기였다. 작은 열매일수록 힘든 법이지만 요새의 아이들에게 호두는 늘 가장 좋은 장난감이었기에 공주는 여덟 개까지 한꺼번에 공중에 띄울 수 있었다.

두번째 종목은 돌림 노래 틀리지 않고 오래 부르기였다. 돌림 노래의 특성상 지역 목동들이 협조했다. 목동들은 요새의 안녕을 바랐기 때문에 공주가 살짝 틀려도 보조를 맞춰주고, 상대 왕자에게는 일부러 박자를 어렵게 꼬았다. 일부러 낯선 방언들이 들어간 노래를 골랐음은 물론이었다.

첫번째와 두번째가 소소해 보이는 대결이었기 때문에 세번째는 극적으로 연출할 필요가 있었다. 그래서 뜨겁게 달구어진 돌들이 가득한 대형 화로 위에 올라가 누가 더 오래 버티는지 겨루게 하도록 했다. 공주가 저주를 받기는 했어도 따로 초인적 능력이 있는 건 아니었기에, 그럴듯한 속임수를 써서 공주가 이기게 만든 것이었다. 외지인들은 화로의 돌들이 다 똑같이 생겼다고 생각했지만, 요새 사람들은 색깔이 비슷할 뿐 열전도율은 다른 돌들의 차이를 구분할 수 있었다. 왕자들의 발바닥이 타들어갈 때, 공주는 미지근한 느낌 정도를 받았다. 누우라면 누울 수도 있을 것 같았다. 누군가 이의를 제기하면 요새 사람들은 화를 내며 화로를 헤집고 나서 아랫부분에 깔아둔 뜨거운 돌을 만져보게 했다. 점점 연기력들이 늘었다.

왕자들은 말도 안 되는 시합이라고 분개해 돌아갔고, 그러거나 말거나 공주는 철저하게 약속된 땅을 받아냈다.

"나라고 저주를 받고 싶어 받았겠니? 가장 투덜거려야 할 사람은 나다."

요새는 더이상 요새가 아니었다. 곳곳, 도처로 뻗어나갔다. 사람들은 공주를 아끼고 자랑했다. 결혼 적령기의 왕자들이 한 번씩 다 다녀갔기 때문에 도전자도 급격히 줄어들었다. 길게 이어질 평온한 날들을 기대하며 흡족한 마음이 되었을 때였다.

공주는, 광장에 서서 공주에게 구혼하는 숲지기를 보고 기가 막혔다.

"공주에게 도전할 자격이 있는가? 일단 그것부터 확실히 해야 할 듯한데."

왕이 수상해 보이는 숲지기의 행색에 눈살을 찌푸리고 물었다.

"나의 왕국은 저 어두운 숲이다. 내가 진다면 숲을 통째로 주지. 그림자를 걷어서 주겠어."

숲지기의 말에 사람들이 크게 술렁였다. 공주가 손을 들어 술렁임을 가라앉힌 후, 계단을 내려가 두 사람의 말이 두 사람에게만 들릴 때까지 숲지기에게 다가갔다.

"뭐하는 거예요? 이게 대체 무슨 짓이에요?"

언제나 숲지기에게 끌림을 느꼈던 것은 사실이지만, 우정만으로도 충분했던 공주가 쏘아붙였다.

"흐름에서 너무 벗어나서 고정되는 바람에 이 방법밖에 없었어. 네가 나를 너무 구체적으로 만들었다고. 집에 갑자기 이층이 생긴데다가, 의자가 자꾸 늘어나잖아. 이건 안 돼."

의자가 뭐 어쨌다는 건지, 공주는 전혀 알아들을 수 없었지만 숲지기가 평소처럼 안 된다고 말했기 때문에 뭔가 이유가 있겠거니 싶었다. 무엇보다 누구에게도 지지 않을 거란 자신감이 있었기에, 공중으로 호두를 던지기 시작했다. 그날따라 호두가 어찌나 완벽하게 떠올랐다 떨어져 손에 착 착 붙는지 기록을 깨고 열 개까지 성공시켰다.

그에 반해 숲지기의 저글링은 형편없었다. 균형이고 리듬감이고 아무것도 없었다. 그런데도 호두는 땅에 떨어지지 않았다. 호두가 땅에 떨어지려 하면 숲지기가 '안 돼' 하는 눈빛으로 호두를 바라보았고, 호두는 거의 거꾸로 날아올라 숲지기에게 돌아왔다. 지켜보던 사람들은 그 모습을 보며 뭔가 잘못되어가고 있다는 것을 깨달았다. 공중에 머문 호두는 열두 개였다.

돌림노래를 부를 때는 더 기괴했다. 목동 합창단이 기를 쓰고 방해를 했는데도 숲지기는 완벽한 돌림노래를 불렀다. 노래 자체는 특별히 잘하는 편이 아니었지만, 한순간도 어긋나지 않고 맞물렸다. 좌절한 목동들이 노래를 멈추었을 때에도, 숲지기는 다섯 갈래의 목소리로 혼자 계속 불렀다. 입술을 아주 가벼이 연 채 복화술이라도 하는 것처럼. 높은 천정에 반복되는 메아리에, 다들 메슥거림을 느꼈다.

그래도 뜨거운 화로는 어쩌지 못할 거라고 생각했다. 혹시 공중으로 떠오르기라도 할까봐 사람들이 숲지기의 발을 뜨거운 돌들 위에 밀착시켰으니까. 곧 살이 타는 냄새가 지독했다. 발에서 연기가 나는데도, 숲지기는 태연한 표정으로 화로 위에 서 있었다. 공주는 안전한 화로 위에서 안절부절못하며 그 모습을 바라보기만 했으나, 숲지기의 발뼈가 드러났을 때는 기겁하여 내려서고 말았다. 막상 숲지기는 드러난 뼈를 보고도 신기해하는 여유를 보였다.

"내가 졌어요. 결혼을 하든 뭘 하든 마음대로 해요. 하지만 같이 저주를 받고 말 거라고요. 신들이 노하고, 왕국은 멸망할 거예요. 두렵지도 않아요?"

공주는 패배를 인정했다. 사람들이 달려와 숲지기의 발을 동여매려 했지만 숲지기는 거절했다.

"신들은 하나도 무섭지 않아. 머지않아 다 죽고 잊힐 거야. 왕국은 애초에 내 알 바 아니었고."

그 말에 몇몇이 결국 무기를 뽑아들었다. 왕과 왕비가 소요를 진정시키려 했으나 소용없었다. 숲지기가 공주를 잡아끌었다. 뼈밖에 안 남은 발로도 성큼성큼 앞서갔다. 공주는 사랑하는 부모의 눈썹께에 짧게 입을 맞춘 다음, 숲지기가 이끄는 대로 내려섰다. 분노한 사람들이 달려오기 직전, 숲지기는 그 이질적인 눈을 똑바로 뜬 채 공주에게 키스했고 내기에서 이긴 합당한 상대의 입술을 공주는 그대로 받아들였다.

그다음 순간, 두 사람은 완전히 사라졌다. 이야기 바깥으로 걸어갔다.

예언자들은 '이야기' 본인이 공주를 데려갔다고 했다. 요새 사람들은 충격에 빠졌다. 이야기가 그렇게 어두운 얼굴을 하고 제 발로 걸어다니는 존재인지, 그때까지는 아무도 몰랐기 때문이었다. 예언자들은 또 공주는 죽지 않았고 다만 어딘가 '바깥'에 있다고 말했다. 간절히 마음을 모으면, 강인한 공주가 사악한 이야기를 죽이고 돌아올 거라고 했다.

　왕과 왕비의 죽음이 가까이 오자, 요새 사람들은 '공주귀
환준비회'를 만들었다. 공주 다음으로 왕위 계승권을 가진
그 누구도 왕좌에 오르지 못했다. 요새 전체가 그들을 거부
했다.

　"우리는 공주님이 아닌 누구도 원치 않습니다. 공주님이
돌아올 날을 위해 미리 준비하고 기다리겠습니다."

　놀랍게도 준비회는 칠십 년 이상 본래의 목적에 충실하게
존속되었다. 당시 평균수명으로 따지면 공주가 늙어 죽고도
남을 시간이었다. 준비회 구성원이 다섯 세대에 걸쳐 교체
되고, 공주의 얼굴을 기억하는 사람이 하나도 남지 않게 된
후에도 요새 사람들은 굳게 기다렸다. 이야기 바깥의 세계
는 종종 시간이 달라, 아무렇지 않게 돌아올 수도 있다고 믿
었다. 공주가 사라진 다음에 태어난 아이들이 가끔 헷갈려
하긴 했다. 신도, 악마도, 요정도, 괴물도, 도적도 아닌 이야
기가 그 유명한 공주를 데리고 갔다고? 한 번도 들어본 적
없는 그런 이야기였으니 말이다.

　공주가 영원히 돌아오지 않으리란 걸 모두 깨닫게 된 다
음에도, 사람들은 입 밖에 꺼내 말하지 않았다. 왕국이 서서
히 해체되고 준비회가 그대로 집권 체제가 되었을 때조차도

공주의 이름을 사용하였다. 주변 어느 나라보다 민주적인 나라였다. 요새는 군사적 목적을 잃었고, 패배한 왕자들에게서 얻은 땅은 풍요로워 손이 많이 가는 견과류 채집이나 위험한 광산 운영을 할 필요가 없어졌다.

그제야 사람들은 옛 예언을 다시 곱씹어보았다. 영원히 사라진다던 것은 요새가 아니라 왕국이었구나, 공주의 저주는 정말 이뤄진 것이구나 하고.

사람들은 어느 때보다 더 공주를 사랑하게 되었고, 영원히 돌아오지 않기를 바랐다.

돌아오는 길에, 재화는 거리의 모든 것들이 자신을 해치려들지 모른다는 느낌이 힘들었다. 지하철 입구에서 밤 파는 할머니의 밤 깎는 칼이 흉기로 보였다. 등산객의 지팡이 끝이 날카로워 보였다. 골목마다 서성이는 십대들의 불안정한 표정과 숨기지 못한 공격성도 재화를 질리게 만들었다. 집 근처에 다다랐을 때는 깁스를 하고 목발을 짚은 남자가 계속 따라오는 것 같아 걸음을 빨리했다. 남자가 영화에서처럼 갑자기 똑바로 걸으며, 목발로 재화를 후려칠지도 모를 일이었다. 혼자 사는 여성이 백 미터를 걷는 일이 얼마나 피곤한 일인지, 상황이 다른 사람들은 알지 못할 거란 생각이 들었다.

재빨리 현관문을 닫고 삼중 자물쇠를 잠갔을 때였다.

"보고 싶었어."

기이하게 익숙한 손이, 익숙한 냄새가 재화의 입을 막았다. 무릎부터 몸이 무너져내리는 걸 느꼈지만 뒤돌아보지는 못했다. 저주도 받지 않았는데, 이야기가 아니라 인생의 바깥으로 걸어나가게 될 모양이었다.

아무도 안 죽는 이야기를 쓰면 안 되니?

용기는 급하게 도로변 배수구를 찾았다. 토하기 일보 직전이었다. 출동 요원인데 어째선지 영업도 해야 하는 애매한 분위기라, 가맹점에 들렀다 폭탄주를 강권당하고 말았다. 어려운 사람이 주는 어려운 술은 고집스럽게 역류하곤 했다. 배수구, 배수구, 배수구…… 겨우 찾았다.

시원하게 토하고 있는데, 근처에서 주차를 하던 사람들의 대화가 들렸다.

"사람 있어, 사람이야!"

차를 봐주던 쪽이 '사람'이라고 두 번이나 강조를 했다. 마치 용기가 사람처럼 보이지 않는다는 듯이. 그저 뒤를 조심하라는 뜻이었겠지만 용기는 기분이 조금 상했다. 금요일 밤의 번화가에서 토하고 있다 해서 사람이 아닌 건 아니다. 몸에 글씨가 좀 나타난다고 해서 사람이 아닌 것은 아니다. 상상도 못하게 이상한 이유로 차였다고 해서 사람이 아닌 건 아니란 말이다! 용기는 가장 사람다운 자세로, 똑바로 섰다. 남은 근무시간을 계산했고, 옷에 토사물이 묻지 않았는지 확인했다. 클리어.

정신을 차리려고 걷자 공원이 나왔다. 상가와 상가 사이의 작은 공원, 가지런한 잔디밭에는 '고압선 주의'라는 팻말이 꽂혀 있었다. 딱 지금 내 상황이군. 아무 일도 벌어지지 않는 것처럼 보이지만 뭔가 끔찍한 것들이 아래로 흐르고 있으니. 용기는 다시 속이 안 좋아질 것만 같았다.

어쨌든 내일이면 재화를 만나게 될 것이다. 선이의 결혼식이니까.

용기는 재화를 만나기 위해 재화가 쓴 모든 글들을 찾아 읽었다. 편편마다 용기의 몸에 나타났던 문장이 있었다. 뜬금없었던 내용들이 맥락을 찾아갔다. 소설하고는 멀디먼 용기지만 각 캐릭터들이 자신을 닮았음은 인정할 수밖에 없었다. 심지어 용이 나오는 이야기엔 실명으로 등장이구나, 이런…… 어설펐던 과거의 모습들이, 재화를 놓아버렸을 때의 시린 감정들이 되살아났다. 두 사람의 이별이 이렇게 오래도록 소화해야 할 일이었나? 그리고 내가 이렇게 나쁜 놈이었나? 아니, 꼭 나쁘게 그린 건 아닌 것 같았지만…… 재화를 만나면 어떤 표정을 짓게 될까. 재화는 또 어떤 표정을 지을까. 용기는 더딘 속도로, 문장 하나하나를 확인하며 소설들을 읽어나갔다. 웹진에 있는 글들도 꼼꼼히 읽었다. 가장 최근에는 갈비뼈 사이에 '첫사랑 소년은 독사에 물려 죽었다'고 나타났기 때문에, 이제 남은 것은 한 작품이었다. 그것은 단편소설이라 해야 할지 동화라 해야 할지 모를 어정쩡한 이야기로, 양치기 청년을 사랑하는 알파카 양이 주인공이었다. 알파카 양은 가엽게도 양치기에게 사랑받고 싶어서 열심히 털을 기른다. 풀을 열심히 뜯어먹고, 좋은 샘물을 추천받는다. 심지어 벌집을 먹으면 털이 길게 자란다고 해서 시도하다가 엉망으로 쏘이기까지 한다. 그러나 알파카 양의 그런 마음을 알 리 없는 양치기 청년에게 사랑하는 이가 생겨버린다. 절망한 알파카 양이 결국 절벽 위에서 아래를 내려다보는데, 오히려 양치기 청년이 양을 구하려다가 실족사해버리는 이상한 결말이었다. 실족사라니, 대체…… 양치기 청년이 또 자신인 모양이라고, 용기는 몇 번이나 더 죽어야 할지 탄식했다.

재화를 만나서 뭐라 해야 하나.

"왜 자꾸 날 죽이니?"

〈전설의 고향〉의 총각귀신도 아니고, 그건 아닌 것 같았다.

"너 글 좀 그만 써. 네가 뭘 쓸 때마다 몸에 뭐가 나타나서 곤란해."

그만 쓰라 마라 할 사이 역시 아니었다.

"내가 너한테 그렇게 상처를 많이 줬니? 이야기 속에서 누굴 죽일 때마다 내 생각을 하는 거니? 하지만 너도 나한테 엉망이었잖아."

선이의 결혼식에서 싸우면 안 되니까, 이것도 패스.

"네가 행복했으면 좋겠어. 그래서 아무도 안 죽는 이야기를 써서 내 몸에 글자가 안 나타났으면 좋겠어."

진심이긴 하지만, 정말로 말하긴 간지러울 것 같았다.

뷔페를 좀 먹어치워주려고 했더니, 아침에 일어나서도 영속이 좋지 않았다. 전철을 타면서 멀미를 할 줄이야.

그래도 신부 대기실 앞에서는 좋은 표정을 지으려고 애를 썼다.

"누나……"

"재화 어딨어?"

"아니, 무슨 사람을 보자마자…… 그걸 왜 나한테 물어?"

"두 시간 전에 와서 도와주기로 했는데, 연락이 안 돼."

"독감이라든가, 아픈 거 아냐?"

"자리에서 곧 쓰러져 죽을 만큼 아프지만 않으면, 여기 와서 쓰러질 앤데."

"뭔지 몰라도 사정이 생겨서 식 시작하는 시간에 맞춰 오나보지."

"그럼 연락을 미리 했겠지. 그럴 애가 아니라니까. 아무래도 이상해. 네가 좀 찾아와. 교통사고라도 난 거 아닌가 걱정이야."

"다른 사람한테 부탁하면 안 돼? 좀 이상하잖아."

"용기야. 결혼식 따위 하나도 안 중요하니까 지금 가."

"조금만 기다려보고."

"야!"

"설마 무슨 일 있겠어?"

"너 일하면서 온갖 걸 다 보고는 아직도 설마라는 말을 해?"

"알았어. 바로 찾아올게."

용기는 심란해졌다. 자연스럽게 만나도 부자연스러울 게 뻔한데, 애써 찾아오려는 선이가 원망스러웠다. 어디서 또 이상한 이야기나 쓰고 있겠지. 온몸을 글씨로 덮을 셈인가, 용기는 투덜거렸다.

재화에게 전화를 걸었다. 신호는 힘없이 오래갔다. 용기는 자연스러움을 포기하고 끈질기게 걸었지만 계속 받지 않았다. 어려운 애였지만 전화를 무시하는 편은 아니었는데.

용기는 식장 앞에서 사람들을 맞고 있는 선이의 신랑에게 다가갔다.

"형, 축하해요."

"아, 용기씨. 고마워요."

"누나 잘해주세요. 씩씩한 척은 혼자 다 해도 다른 사람들한테 마음 쓰느라 자기 밥그릇은 못 챙겨요."

"잘할게요."

용기는 선이의 신랑에게 악수를 청하려 했다. 그러나 선이의 신랑이 손을 맞잡으려 할 때 그만 손을 거두고 말았다. 손바닥에 글씨가 나타나고 있었던 것이다.

"왜 그래요?"

선이의 신랑이 당황해하며 물었다.

"손에……"

용기는 그저 꾸벅하고 인사를 한 다음 뒤돌아 뛰기 시작했다.

좋지 않아.

이건 정말 좋지 않아.

보란 듯이, 마치 발견해달라는 듯이 손바닥에 나타난 문장은

알파카 양이 죽

이라는 미완성된 문장이었다. 색깔도 지금까지와 같이 검은색이 아니라 긁힌 상처 같은 붉은색이었다. 막 나타나고 있어 붉은색인지 다른 이유가 있는 건지 매우 신경쓰였다. 용기는 뛰면서 머리를 굴렸다. 운동선수 출신들은 뛸 때 가장 사고가 활발해지기 마련이었다. 알파카 양이 죽었다고? 죽는다고? 어느 쪽이건 전혀 좋지 않았다. 절벽에서 '죽을 먹는다'일 리는 없으니.

문학에 조예는 없었지만, 아무리 봐도 그 이야기에서 알파카 양이 상징하는 인물은 재화였다. 복슬복슬한 알파카 양. 가파른 경사에서도 균형을 잡는 알파카 양. 내성적이라 안으로 파고드는 알파카 양. 무덤덤한 양치기를 사랑하는

알파카 양.

재화 때문에 얼마나 인생이 복잡해져버렸는지를 생각했
다. 여자친구를 잃어야 했고, 직장에서도 도무지 집중할 수
가 없게 되었다. 집중력을 잃으면 잘못하다간 칼 맞는 직장
인데도 말이다. 함께 있을 때 대단히 행복했던 것도 아니면
서 왜 이렇게나 놔주지 않는 걸까, 용기는 달리면서 계속 생
각했다.

어쨌거나 일단 살리고 따져 물을 일이다.

용기는 달리기를 멈추고, 택시를 잡아탔다. 택시는 용기
보다 느리게 달리는 것 같았다.

마지막 키스를 갱신했어야 했는데

이 마비의 느낌을 안다.

언젠가 꼭 이렇게 몸이 굳었던 적이 있었다. 언제더라?
지독하게 가위를 눌린 적이 몇 번 있었지.

남자가 보인다.

누가 집에 들어와 있는 거지? 그것도 사람이 잠든 사이
에.

재화는 등을 돌리고 있는 이가 누군지 알아내려 애썼다.
승주인가. 교정지를 삼켰더니 여기까지 쫓아온 건가. 하지
만 승주는 집 비밀번호를 모르는데. 내가 들여놓고 그만 잠

이 들어버렸나? 손님이 왔는데 자다니…… 아니, 그럴 리가 없다. 그렇게까지 친한 사이는 아니었다. 승주보다는 왜소해. 형준인가? 엄마가 열무김치를 보내준다더니, 형준이 편에 보냈나보다. 전화라도 한 통 하고 오지. 서먹한 사촌동생에게 이렇게 청소 안 된 집 꼴을 보여주긴 싫었다.

그런데 집이 너무 깨끗했다.

아니, 그보다, 집이 어째서 대칭이지? 꿈인가? 『거울나라의 앨리스』 주석판을 최근에 다시 읽어서 이런 꿈을 꾸나? 이게 꿈이라면, 저건 용기일지도 모른다. 재화는 한 번도 만난 적 없는, 덩치가 작았을 때의 용기. 아직 다친 적이 없어서 겁먹거나 떠나지 않는 용기.

입이 말랐다. 꿈속에서도 입이 마르다니. 혀가 공기 중에 방치된 육포처럼 느껴졌다.

"……기야."

남자는 듣지 못했다. 재화가 억지로 침을 삼켰다.

"용기야."

뒤돌아본다.

용기가 아니다.

그 순간, 마비의 감각이 멀리 밀려나갔다.

등이 심하게 배겼다. 매트리스가 아니라 바닥 위였다. 미끌거리고 불편한 건 두꺼운 비닐인 것 같았다. 치위생사는 무릎걸음으로 재화에게 다가와, 재화의 입술을 말아올렸다. 라텍스 장갑을 낀 손으로 재화의 덧니를 만졌다.

"보고 싶었어요."

재화는 대답할 수 없었다. 어째서 이 남자가 여기에. 뭐 때문에 이런 짓을. 익숙한 마취제는 치과의 것이었던 모양이었다.

재화는 눈만 움직여 방을 살폈다. 재화의 집과 똑같은 구조지만 대칭이었다. 가구라고는 전혀 없이, 피아노만 하나 덜렁 놓여 있었다.

피아노…… 옆집인가. 그 심란한 곡을 치던 이가 치위생사였나. 재화의 일상을 천천히 갉아온 기묘한 위화감이 모두 이 남자에게서 온 것이었나. 재화는 치위생사의 손가락을 깨물려 했지만 마음대로 되지 않았다.

"그렇게 예쁜 이로 그러는 거 아니에요."

치위생사가 웃었다. 여전히 나이를 가늠하기 힘든 얼굴로.

"깨서 다행이에요. 작업하기 전에 인사라도 먼저 하고 싶었지."

"……작업?"

재화가 힘겹게 묻자, 치위생사가 해사하게 웃으며 펜치를
들어 보였다.

"너무 멋진 덧니라, 잊을 수가 없었어요."

"……덧니만?"

덧니를 주고 놓여날 수 있다면 얼마든지 그럴 용의가 있
었다. 어릴 때부터 몇 번이나 뽑아버릴까 고민했던 덧니였
다. 이렇게 폭력적인 방법을 쓰지 않았어도, 몇 달에 걸쳐
서서히 사냥해오지 않았어도, 그저 정중하게 물어보는 것만
으로 뽑아 가라 했을지도 몰랐다. 덧니가 재화의 본질을 규
정하는 요소도 아니고, 뭐 별거라고.

그러나 치위생사가 눈짓으로 피아노 위를 가리키자, 재화
의 기대는 무참히 조각났다. 피아노 위에는 치과에 가면 흔
히 있는 이빨 모형이 여섯 개 놓여 있었다. 독특한 점이라면
모두 덧니가 있는 모형이라는 것이었다.

저건 설마 다 진짜 이빨일까. 이빨의 주인들은 어떻게 된
걸까. 아직 평소의 상태를 찾지 못한 뇌로, 재화는 생각을
하려 애썼다.

"다시 마취제를 놔줄게. 그렇게 아프지는 않을 거예요."

"……이빨만?"

어떻게든 협상해보려고, 재차 재화가 물었다. 귀여워 죽

겠다는 듯, 치위생사가 재화의 볼을 쥐었다.

"……하루에?"

"하하, 정말 뭐라는 거야."

"……하나씩?"

"미안, 바빠서 그건 안 되고요."

재화는 이미 알고 있었던 정보를 확인했다. 애초에 살려 줄 거면 얼굴을 보여줬을 리가 없었다. 직접 죽이지 않는다 해도, 이를 한 번에 다 뽑으면 그것만으로 죽을 확률이 높았다. 재화는 머리로 치위생사를 받으려고 했지만 금방 제압 당하고 말았다. 치위생사는 재화의 손목과 발목을 묶고 재 갈 물린 다음, 마취제를 준비하려고 갔다.

묶이지 않은 부위로 몸부림쳤더니 끈이 더 조여지고 말 았다. 큰 소리를 내보려고 했지만 불가능했다. 이제 겨우 첫 책을 내려던 참이었는데…… 저토록 전형적으로 하찮게 내 부가 망가진 범죄자에게 걸려들다니. 물론 승주라면 어떻 든 책을 내고 말 것이었다. 재화의 끔찍한 죽음에 대한 정보 를 최대한 문학적으로 담은 보도자료도 쓰겠지. 사람들은 그런 얘길 좋아하니까. 젊은 여성 작가가 때 이른 죽음과 함 께 남긴 단 한 권의 책 같은 것, 좋아하지 않는 척 좋아하니 까. 재화는 죽고 싶지 않았다. 첫 책의 광고 카피가 얼마나 역겨운 방식으로 자극적일지 생각하니 견딜 수가 없었다.

게다가 마지막 단편을 고치지 못한 것도 후회스럽기 그지없었다. 그 알파카 양 이야기를 어떻게 고쳐야 할지 구상을 끝낸 상태였다. 원래의 결말대로 양치기가 죽으면 안 될 것 같았다. 양치기의 애인이 발을 헛디디고, 그걸 구하다 양이 죽는 게 더 나을 거란 걸 깨달았던 것이다. 꼭 뭘 죽여서 이야기를 끝내는 버릇도 고쳐야겠다고 생각했는데…… 너무나 미숙하고 불완전한, 뒤틀린 농담 같은 것만 조각조각으로 남기고 죽어야 하다니 믿기 싫었다.

"왜 울지 않아요? 울어도 되는데."

치위생사가 재화의 얼굴로 쏟아져내린 머리카락들을 걷어올렸다. 피아노 위에 진열된 치아 모형의 주인들은 모두 울었었나보았다. 안쪽으로 눈물이 흐르는지, 재화는 잠시 눈을 감고 몸의 내벽에 집중했지만 아무것도 감지할 수 없었다. 사소한 후회만이 떠올랐다. 마지막 키스를 갱신했어야 했는데. 용기였겠지. 용기였겠지만, 생생하게 갱신했어야 했는데.

"……안 울어."

"기분이 좀 나아지게 해줄게요."

치위생사의 코를 물어뜯고 싶었지만 마취제가 들어왔다.

치위생사는 라텍스 장갑을 벗고, 피아노를 치기 시작했다. 산란한 멜로디가 빈 공간을 기분 나쁘게 채웠다. 재화는 턱이 불편해지고, 혀가 딱딱해지는 걸 느꼈다. 침을 삼켰지만 입안은 너무 낯설었다. 다른 사람의 입천장과 잇몸 같았다.

재화가 다시 의식을 잃기 전, 치위생사가 곁에 와서 누웠다. 무슨 짓을 할까 겁에 질렸지만 십오 센티미터쯤 떨어져 천장을 올려다볼 뿐이었다. 재화는 요오드 냄새가 나는 치위생사의 숨결에 몸서리를 치며 의식을 놓쳤다.

절단면이 깨끗해야 다시 이어붙일 수 있어

도심은 몇 주 만에도 모습을 바꿔버려서 알아볼 수 없을 지경인데, 변두리는 일부러 보존 구역으로 지정이라도 한 것처럼 변하지 않는 듯했다. 용기는 재화의 동네가 몇 년 전 그대로인 것에 놀랐다.

기계 우동집의 가격은 예전과 같았고, 늘 시들한 과일만 파는 가게도 망하지 않은 채였다. 오래된 기름 냄새를 풍기는 치킨집과 묽기만 한 커피를 파는 테이크아웃 커피점도…… 새로 생긴 가게는 없었다.

재화도 그대로일까, 이야기 속의 잠든 공주처럼? 재화가 그대로인 게 좋을지 그대로가 아닌 쪽이 나을지 용기는 쓸

모없이 궁리했다. 이상한 임무를 위해 옛 연인의 집으로 가며, 손바닥을 자꾸 내려다보았다. 글씨의 붉음은 변하지 않은 상태였다.

낡은 건물 내부에서 희미한 락스 냄새가 났다. 계단엔 락스 냄새가 무색하게 먼지가 엉겨 있었다. 한번은 재화가 계단에서 정말 크게 넘어진 적이 있었다. 반사신경이 좋은 용기지만 도저히 잡아줄 수 없을 만큼 갑자기 넘겨졌었다. 엄청 아팠을 텐데 큰 소리를 내지도 않았고, 왜 잡아주지 않았느냐고 화를 내거나 억지를 부리지도 않았다. 언제나 미세하게 울 것 같은 표정을 하고 있었으면서 우는 걸 본 적이 없었다. 시선을 흩어두는 재화의 얼굴이 선했다. 멀쩡한 표정을 하고는, 사실 아무 것에도 주의를 기울이지 않던 얼굴. 그 모든 게 거리감으로 느껴져서 서운했었다.

306호, 재화의 문 앞에 섰다. 용기는 초인종을 누르지 못하고 잠깐 서성거렸다. 마지막으로 그 문을 나섰던 순간이 기억났다. 반쯤 열린 문틈으로 재화를 돌아봤을 때, 재화는 거의 다른 세상에 있는 것처럼 보였다. 용기는 계단의 창에서 옆으로 들이치는 햇빛을 받고 있어 눈이 부셨고, 재화는 문과 벽이 만드는 짙은 경계 안에 서 있었다. 저승에 연인을 두고 오는 옛날이야기가 생각날 정도였다. 차마 그 그림자 안에 재화를 두고 갈 수가 없어서 마음이 약해졌을 때였다.

"가."

엄청 쉰 목소리로 재화가 재촉했었다.

"절단면이 깨끗해야, 다시 이어붙일 수 있어."

그때는 그 말이 그렇게 비정하게 들렸었다. 반대로 아주 간절하게 해석될 수도 있는 말이었는데.

"우리가 무슨 잘린 손가락이냐? 다시 붙이게."

재화의 눈은 잘 기억나지 않지만 입은 분명 웃었던 것 같다.

초인종을 눌렀지만, 역시 누가 나오는 기색은 없었다. 집에 있는 것인지 없는 것인지부터 확인해야 할 것 같아 다시 전화를 걸어보았다. 차가운 현관문에 귀를 바짝 대고 혹시 안에서 울리나 가만 듣고 있었다.

바닥이나 테이블에 두었는지, 희미하게 진동 소리가 울렸다. 재화는 전화를 벨소리로 해두는 적이 없었다. 갑자기 울리면 심장이 빨리 뛴다면서. 무음으로 해놓을 때도 많았는데, 진동으로나마 해두어서 다행이었다. 용기는 안도했다. 그냥 잠든 것이었나? 늘 수면 장애가 있었으니까. 깨워서 선이에게 보고하면 끝일 문제였다.

그런데 어딘가 미진하다는 느낌이 현관문을 세게 두드리려던 용기를 멈추게 했다. 발달시키고 싶지 않았는데 발달되어버린 종류의 직관이 제동을 걸었다. 상황이 다 해결되지 않은 상태에서 철수를 하면 출동하지 않은 것보다 못하게 되는 경우가 몇 번이나 있었고…… 명쾌하지 않은 부분을 짚기 위해 용기는 온 감각을 동원해 다시 점검했다. 방향이었다. 소리가 나는 방향이 이상했다. 문 안쪽, 재화의 집에서 나는 소리가 아니었다. 살짝 더 멀리, 살짝 더 옆에서 났다. 305호? 어째서 305호에서? 용기의 청력은 아주 정확한 편이었다. 경기 중에도 뒤에서 들리는 소리만으로 태클의 방향을 간파하곤 했었다. 틀렸을 리 없었다. 당황해 있는 사이 전화는 부재중으로 넘어갔고, 용기는 다시 걸지 않았다.

─재화 혹시 옆집으로 이사 갔어?

선이에게 문자를 보내고 휴대폰을 무음으로 바꿨다. 답장을 초조하게 기다렸다.

─아니. 그게 무슨 소리야?

결혼식이 끝나고도 남았을 시간이라 선이의 답장이 빨랐다. 용기는 아무 기척도 내지 않으려 노력하면서 계단 아래로 물러났다. 정장 구두를 신고 있어서 쉬운 일이 아니었다. 선이가 스토커에 대해 이야기했었다. 다른 사람은 몰라도 용기는 최악의 경우를 빨리 계산할 수 있었다. 곤봉도 가스총도 보호구도 없었다. 상대는 재화의 전화가 울려 이미 경계하고 있는지도 몰랐다. 선이도 벌써 여러 번 했을 테니까……

현관문은 너무 두꺼웠다. 다른 경로를 찾아야 했다.

계단에서 먼지가 날렸다. 잃은 이를 저승에 두고 가라고 자꾸 재촉하는 그림자들처럼, 방치된 마음의 잔여물들처럼. 용기는 재채기가 나오려는 입을 막고, 결연하게 건물을 나섰다.

두고 가지 않아.

이번에는 절대로 두고 가지 않아.

재화

3분 26초 전이었다

"용기는 누구예요? 아까 전화한 선이는 친구인 것 같던데. 아…… 처음에 정신 차리고 날 그 비슷한 이름으로 부르지 않았나?"

울리다가 멈춘 핸드폰을 들여다보며, 치위생사가 물었다. 재화는 이해할 수 없어 인상을 찌푸렸다. 헤어지고 한 번도 연락이 없던 용기가 이제 와서, 이런 순간에? 주머니나 가방 속에서 우연히 전화가 걸린 적도 없었는데 기이한 일이었다.

대답하라고, 치위생사가 재화의 목을 거칠게 쥐었지만 재화는 대답할 생각이 없었다. 어금니 여섯 개를 잃고 목 뒤로 계속 넘어오는 피에 괴로워 입을 벌리기 싫었다.

"자세히 보면 예쁜 얼굴인데."

재화의 부은 얼굴을 내려다보며, 치위생사가 눈을 맞추었다. 재화는 살아남는다면 평생 '예쁘다'를 쓰지 않으리라 마음먹었다.

"근데 나 말고 아무도 자세히 안 봐줬죠?"

재화는 치위생사가 죽어버렸으면 했다. 심장마비나 동맥류 파열 같은 것으로 죽어버리길 바랐다. 죽어 재화 위에 엎어져 그대로 발견될 때까지 버텨야 한다 해도, 영영 발견되지 못한다 해도…… 그러나 그런 일은 벌어지지 않았고 재화는 할 수 있는 최대한의 저항으로 눈을 돌렸다.

"손이 뻐근하네."

치위생사가 어깨부터 팔, 팔에서 손가락까지 꼼꼼하게 근육을 풀었다. 재화는 혀로 남은 치아 수를 세어보았다. 스물여섯 개가 남아 있었고, 사랑니를 미리 뽑아두지 않았던 게 다행인지 불행인지 판단할 수 없었다. 뽑힌 이들은 투명한 병 속 액체에 잠겨 있었다. 어금니가 그렇게 큰지 몰랐었다.

치위생사가 다시 재화의 입에 파란 트랙터를 끼우고, 펜치를 들었다.

"오늘은 이것까지만 뽑을 거예요. 내일 계속하지, 뭐. 남은 시간엔 이야기도 좀 하고 그러기로 해요. 내가 심심하잖아. 사연이 있어야 모으는 재미도 있지."

뻔한 열등감에서 비롯되었을 망상 같은 것 한마디도 듣고 싶지 않았다. 마취가 풀려가고 있었지만 아픈 기색을 하지 않고 숨겨야 그나마 승산이 있었다. 어떻게든 치위생사를 방심하게 해서 벗어나야만 했다. 재화는 일곱번째 발치를 당할 때, 눈 하나 깜짝하지 않으려고 마음먹었다. 늘 사람이 죽는 소설만 쓰지만 살고 싶었다. 감각하고 숨쉬고 먹고 움직이고, 이제는 그 이상의 것을 바라지 않을 자신이 있었다. 애거사 크리스티가 살아 있는 것만으로도 대단한 일Just to be alive is a grand thing이라고 말한 적 있었는데, 그 말이 전과는 다르게 느껴졌다. 월요일이면 회사 사람들이 재화를 찾아줄까? 그때까지 버틸 수 있을까? 시간을 확인하고 싶었지만 보이는 곳 아무데도 시계가 없었다.

재화가 드는 햇빛으로 시간을 가늠하려 애쓰고 있을 때, 바깥벽이 울리는 소리가 났다. 텅, 텅, 텅 하고. 창밖 거리가 소란스러워졌다. 길을 지나던 사람들이 뭐라고 외치는 것 같았다. 결국 치위생사가 펜치를 거두고 창 쪽으로 다가갔다. 벽을 등지고 살짝 고개를 내밀었을 때였다.

불투명 유리가 깨지면서, 시멘트 벽돌이 집안으로 튀어들어왔다. 유릿조각은 재화가 누운 자리까지 튀었으나, 다행히 베이거나 하지는 않았다.

치위생사가 모서리로 몸을 숨겼다. 창문에는 언뜻 사람이 보였다가 사라졌다. 옆 건물과 사이도 먼데 어떻게 매달려 있는지 알 수 없었다. 깨진 유리 틈으로 손이 들어와 허공을 휘저었다. 커다란 손과 양복 소매가 보였다. 양복이라니, 양복을 입고 벽을 타는 괴한이라니…… 치위생사에게 적이 있는 모양이었다. 적의 적을 이용할 수 있을까? 재화는 바닥에 흩어진 유리 중에 쓸 만한 조각이 있는지, 손에 넣을 수 있을지 살폈다.

외벽이 뜯어지는 소리가 났고, 기회가 왔다.

"사람이 떨어져!"

창밖의 사람들이 외쳤다. 재화는 치위생사의 정신이 팔린 틈을 타, 몸을 굴려 유릿조각 하나를 쥔 후 다시 제자리로 돌아왔다. 곧이어 불쾌한 금속성과 함께 추락의 소리가, 확실한 추락의 소리가 들렸다. 양복 소매의 주인이 땅에 크게 떨어진 모양이었다.

"구급차!"

"일단 저 가스관을 좀…… 가스 틀지 마요, 지금 틀면 큰일나!"

누군가 상황 판단이 빠른 사람이 나선 듯했다. 가스관이었구나. 재화는 건물 외부에 구슬픈 덩굴처럼 붙어 있었던 가늘고 낡은 가스관을 기억해냈다. 그런 무리한 침입을 시도하다니, 치위생사 못지않은 작자가 틀림없을 거라고 생각하기도 했다.

치위생사가 재화에게로 돌아왔다. 그러고는 아까 뽑으려 했던 어금니와, 이 모든 일의 시작이었던 덧니를 번갈아 만졌다. 트랙터 때문에 깨물 수가 없었다. 재화는 치위생사의 머릿속을 오가는 생각을 이제 빤히 알 수 있었다. 순서에 관계없이 덧니라도 뽑아 갈지, 완벽한 작업은 글렀으니 그냥 죽여버릴지 고민하고 있는 것이리라.

사이렌 소리가 들렸다. 환청으로 생각될 만큼 멀리서.

마지막까지 망설이던 치위생사는, 결심한 듯 일어서서 놀랍게도 피아노를 닦기 시작했다. 표면에서부터 뚜껑을 열어 건반 하나하나까지. 재화는 유릿조각으로 손을 묶은 끈을 끊으려 애썼다.

치위생사는 이 각도, 저 각도에서 피아노를 살피더니 만족스러워하는 듯했다.

"잘 보관하고 있어요. 나중에 찾으러 올게."

피아노를 보관하라니 무슨 개소리야, 재화가 혼란에 빠져 있을 때 치위생사가 다가와 고개를 숙였다. 요오드 맛이 나는 혀가, 재화의 남아 있는 이빨들을 한 번씩 두드리며 스쳐 갔다. 덧니는 두 번. 아, 보관하라는 건 이쪽이었군. 그때 한쪽 손이 풀렸고, 재화는 탈진한 척 모아두었던 힘을 모조리 끌어다 유릿조각으로 치위생사의 목을 공격했다.

얼마나 깊이 박혔는지 가늠이 되지 않아서 재화는 일단 등을 밀며 치위생사에게서 벗어났다. 곧 벽에 등이 닿았다. 발목까지 몸을 굽히는 것은 무리여서 방향을 바꾸어 옆으로 기려고 했다. 치위생사는 그런 재화를 보며 처음엔 웃으려고 했다. 그런데 유릿조각을 뽑으려다 잘되지 않자 당황하는 것 같았고 곧 뻐끔대는 입에서 피거품이 나왔다. 이 방에서 흘린 피가 오로지 내 피였던 것은 불공평했지. 재화는 상대가 무너지는 것을 숨을 멈추고 지켜보았다. 치위생사의 눈이 감기기 전에 독기 같은 것이 떠오를 줄 알았는데 흐리고 멍할 뿐이었다. 하찮은, 하찮은 존재. 재화는 그제야 숨을 쉬었다.

문으로 기어가다가 이미 뽑힌 이빨들이 담긴 병과 피아노 위의 모형들, 펜치와 다른 도구들, 마취약, 용도를 생각하면 끔찍해지는 톱과 대형 비닐봉투 뭉치를 돌아보았다. 비명을 지르고 싶었지만 긴장이 풀려 기절해버렸다.

　구급차와 경찰차가 도착하고, 사람들이 재화를 찾아내기 3분 26초 전이었다.

용기 있는 자가 재화를 얻는다

눈을 떴을 때, 재화가 있을 때도 있고 없을 때도 있었다. 처음 재화는 용기와 같은 환자복을 입고 있었지만, 곧 먼저 퇴원해 일상복을 입고 찾아왔다. 재화의 푸르스름하게 부어 있던 얼굴이 돌아오고 나서도 용기는 계속 입원해 있어야 했다. 가스관이 뜯기며 추락했을 때 엉덩이뼈가 깨졌던 것이다.

"이이이, 해봐."

재화를 다시 보자마자 용기가 요구했었다. 재화는 진통제 때문에 지나치게 친밀해진 용기가 부담스러웠지만, 이이, 하고 용기에게 입을 벌려 보여주었다. 용기가 용케 부러지지 않은 팔을 들어 재화의 덧니를 건드렸다.

"아, 뭐 대충 구해야 할 건 구했네."

영화처럼 근사하거나 매끄러운 구출은 아니었고, 그보다
는 밖에서 날아온 돌처럼 기회나 계기가 된 것…… 딱 알
맞은 유릿조각을 전달한 것에 가까웠지만 큰 도움이긴 했으
니 재화는 따지지 않기로 마음먹었다.

"고맙긴 한데, 무슨 생각이었어? 그 가스관이 네 무게를
지탱할 거라 생각한 거야?"

"잠시쯤은 괜찮을 줄 알았지."

고마움을 표현하고 나자, 다음 과제로 미안함이 남아 있
었다.

"나 사실 소설 안에서 너 되게 자주 죽였거든."

"알아."

"읽었어?"

"응, 다 읽었어. 왜 놀라? 나 은근 책 많이 읽어."

"나쁜 뜻은 없었어. 그냥 네 생각 자주 하다보니까. 많이
바꿔 써서 모를 줄 알았는데."

"모르긴, 안 그래도 좀 따져야겠다. 너 때문에 몸에……"

용기는 환자복을 헤치고 글자들을 보여주려고 했지만 하
나도 남아 있지 않았다. 손바닥에도, 다른 곳들에도 없었다.

의아하게 바라보는 재화에게 따져 물을 수 없어 용기는 무척 억울해졌다.

"무릎도 엉망인데 엉덩이까지 깨졌네. 이제 뭘 먹고사나."

"내가 먹여살려줄게."

"네가 어떻게?"

"나 이래봬도 투잡이잖아."

그러나 그럴 필요는 없었다. 용기의 회사에서는 용기가 스토커에 납치된 여성을 구해냈다고 신나게 보도자료를 뿌리고, 온갖 편의를 봐주었다. 철저히 사익을 추구하지만 최대한 공익을 추구하는 것처럼 보이려는 회사의 목적에 용기의 추락 사건은 딱 맞아떨어졌던 것이다. 퇴원 후 몸 상태를 고려해 신입사원 연수원 쪽으로 재배치해주었음은 물론이다. 심지어 사보 표지 모델에 인터뷰까지 해야 했다.

"예전 집보다는 나은 듯한데."

선이는 여전히 못마땅하다는 듯 재화의 이사한 집을 둘러보았다.

"경비실도 있고, CCTV도 많고. 전보다는 낫겠지."

뭔가 물어보고 싶은데 그럴 수 없다는 듯 우물쭈물하는

선이에게 재화는 정보를 공유해주었다.

"아직 혼수상태래. 연관된 다른 사건들도 못 찾았대."

"어떻게 그럴 수 있어? 다른 모형이 여섯 개나 있었다며?"

"매년 실종자 수를 감안하면…… 시간이 걸릴 거래."

치과에 남아 있던 신원 관련 서류들은 다 가짜였다고 했다. 재화는 치위생사가 깨어나길 바랐다. 깨어나서 멍청하게 나불대는 입으로 사람들이 알아야 할 것을 다 알려준 다음 평생 비참해지길 바랐다. 편안한 병원 침대에 누워 있다는 게 믿어지지 않았다.

"몰래 병원에 들어가서, 그 새끼 이빨을 뽑을까? 너랑 나랑 용기랑 한 사람이 세 개씩 뽑을까? 그 정도는 해도 되지 않을까?"

"정말 그러고 싶다."

"왜 안 되는지 모르겠네. 용기랑은 다시 만나는 거야?"

"만나기보다는…… 빚을 진 느낌이어서."

"아이고, 빚지고 말고 할 문제는 아니지. 용기는 뭐라더라, 양아치라서 어쩔 수 없다든가 이상한 말을 하던데."

"……양치기라 했겠지."

"몰라, 헤벌쭉해서는. 퍼석한 놈."

선이가 새 집 한가운데 서서 재화를 꽉 안아주자, 이제 괜찮다는 느낌이 들었다. 삶이, 이야기가 계속될 거라는 확신이 들었다. 좋아하는 사람들의 팔 안에서 안전할 것이다. 인류가 20만 년이나 진화해놓고 뻔하게 악한 부분을 왜 제거하지 못했는지, 이 진부함에서 어떻게 벗어날 수 있을지에 대해서는 쓰는 사람으로서 계속 곱씹어야 하겠지만.

책은 무사히 나왔고, 한 달 만에 재쇄를 찍었다. 재화는 승주와 다음 계약을 논의하러 출판사에 찾아갔다.

"더 안 팔려서 어떡해요?"

"기대보다는 팔렸어. 이제 장편 써야지? 그런 일 겪으면 작품 세계가 달라지지 않니? 다들 네 얘기 나오면 다음에 뭘 쓸까 궁금해하더라."

"문학출판계 참 비정한 세계구나. 죽다 살았는데 다음 거나 궁금해하고."

"스릴러를 써보지그래? 경험을 살려서."

"언젠가 쓸지는 모르지만 당장은 싫어요."

승주가 재화의 첫 책을 집어 파르르, 넘겼다.

"네 얘기는 남자 주인공이 죽어야 재밌어. 완성도가 높아져."

"이제 못 죽여요, 걔는."

"걔가 작가의 말에 쓴 Y냐?"

승주가 작가의 말 페이지를 펼쳤다. 여러 사람이 언급되어 있었지만, 한 사람만 이니셜로 표기되어 있었다.

언젠가 여기 쓴 걸 후회한다고 해도, Y, 내 덧니는 네 거야.

재화는 벌써부터 후회막급이었지만, 미소로 긍정했다.

막상 용기는 그 부분을 읽으며 설마 Y로 시작하는 다른 놈은 아니겠지, 생각했다. 영준, 용희, 윤호…… Y로 시작하는 이름은 숱하게 많으니까. 가끔 기묘하게도 몸에 나타나던 글자들이 그리웠다. 연결의 증거였으니 말이다.

용기는 재화를 기다리며 출판사 건물의 계단 난간에 몸을 기대었다. 잠시 눈을 가늘게 떴을 때였다. 햇빛 속으로 걸어 나온 재화가 몇 계단 위에서 어설픈 키스를 해왔다.

그 특별한 덧니에선 달콤한 맛이 났다.

작가의 말

재화 선배와 선이 언니에게 다시 한번 이름을 빌려줘서 고맙다고 말하고 싶습니다. 책꽂이 한 칸을 비워두고 이 첫 책부터 나란히 꽂아주셨던 독자분들의 사랑은 언제나 저의 보호막이었습니다.

　소설이 낡는 속도는 세계가 나아가는 속도와 일치하는 것 같습니다. 한번 더 이 이야기를 통과하며 정교하지 못했던 부분을 깎아낼 수 있어 기뻤습니다. 깎아낸 부분보다 더해진 부분이 더 크길 바랄 뿐입니다.

　여전히 농담이 되고 싶습니다. 간절히 농담이 되고 싶습니다. 만난 적 없는 사람들의 입속에서 슈팅스타처럼 톡톡

터지고 싶은 마음은 바뀌지 않았습니다. 가벼움을 두려워하지 않을 때 얻을 수 있는 무게를 가늠하며, 지치지 않고 쓰겠습니다.

2019년 가을

정세랑

덧니가 보고 싶어

ⓒ 정세랑 2019

초판 1쇄 발행 2019년 11월 5일
초판 8쇄 발행 2023년 7월 25일

지은이 정세랑
펴낸이 김민정
편집 유성원
표지 디자인 김마리
본문 디자인 유현아
저작권 박지영 형소진 최은진 서연주 오서영
마케팅 정민호 박치우 한민아 이민경 박진희 정경주 정유선 김수인
브랜딩 함유지 함근아 박민재 김희숙 고보미 정승민 배진성
제작 강신은 김동욱 이순호
제작처 상지사

펴낸곳 (주)난다
출판등록 2016년 8월 25일 제2016-000108호
주소 10881 경기도 파주시 회동길 210
전자우편 nandatoogo@gmail.com
페이스북 @nandaisart | 인스타그램 @nandaisart
문의전화 031-955-8865(편집) 031-955-2689(마케팅) 031-955-8855(팩스)

ISBN 979-11-88862-37-5 03810